五七五の随想録

旅行記者40年 コサブロウが詠む 俳句漫遊紀行

木村小左郎 Kimura Kosaburo

ユニコ舎

目次

装丁：渡辺茂
写真：高島史於

はじめに

旅の記事を書いて、四十余年になる。取材で国内は四十七都道府県すべて、海外は四十三の国と地域を訪ねた。取材ノートは二百冊を超える。人、街、絶景、遺跡、鉄道、野生動物、夕陽、海、料理……などさまざまな出会いがあった。

初めての海外取材は二十代半ば、中国である。数人の旅行記者と一緒に大型船で青島、天津、北京などを訪ねた。一九七〇年代の中国は大半の人々が人民服で、街を歩くと数人の公安関係者がさりげなく付いてきたものだ。三十代から四十代にかけては、ケニアやキューバ、ハンガリーへ。ケニアとハンガリーは、本書の解説を書いていただいた芦原伸氏も一緒だった。

キューバは、キューバ政府の観光局の招待取材だった。事前に、「日本語を話せるガイドをつけてほしい」と要請していたにもかかわらず、現れた二人の中年女性は、まったく日本語が話せない。行く先々で冷や汗をかいたが、片言のブロークンイングリッシュでなんとかしのいだ。

ハンガリー取材は、故・斎藤茂太氏も同行された。日本旅行作家協会の初代会長である。

その斎藤会長がブダペスト郊外のセーチェニ温泉の更衣室で、突然私に聞いてきた。

「あなた、カメラ持ってますか？」

「ええ、持ってきていますよ」と答えると、「ちょっとボクを撮ってくれる。下からあおるようにして……」と言って、仁王立ちのポーズを決めるではないか。「どうされるのですか」と尋ねると、大きな体に小さなレンタル水着を身に着けた会長は、「ワイフに自慢するんですよ」と笑った姿が忘れられない。

五十代で印象深いのは、モルディブだ。最上級の水上ヴィラで贅沢なひとときを過ごしたが、この南国の楽園でなんと馬鹿なことに風邪をひいてしまった。原因は、ホテルのワインセラー内にある特別な部屋で夕食を堪能したのはいいが、その小部屋がクーラーの効き過ぎで、ギンギンに冷えていたのだ。寒いどころではない。思わず震えてしまった。暑い国ほど、どこでもクーラーを効かせるというが、まさにそれ。しかもこちらは、上着を用意していなかった。ホテル側は気をきかせたのだろうが、それが裏目に出て風邪をひいてしまったのである。首都のマーレの街を、よろよろしながら歩いたものだ。

旅は数多くの出会いがあり、記憶の底に深く沈殿してゆく。

俳句もまた、さまざまな出会いによって続けることができた。

趣味で俳句を始めたのは、平成十（一九九八）年。神奈川県の大磯に住む友人から誘われ、大磯の湘南俳句会に入会した。その翌年の三月、鎌倉の鶴岡八幡宮で行われた実朝忌俳句大会に、湘南俳句会の仲間と一緒に参加した。無論、俳句大会なるものは初体験だったのだが、すでに数年のキャリアがある湘南俳句会の仲間を尻目に、「享年は二十八なり実朝忌」で選者のお一人である清水基吉氏から天をいただいてしまった。清水氏は芥川賞作家にして俳人、当時は鎌倉文学館の館長をしておられた。

そして翌年の実朝忌俳句大会。今度は「野の花を摘んで帰るや実朝忌」で、またもや清水基吉氏から天をいただいた。何しろ俳句はまだ始めたばかり。自分ではこの二つの句がいいのかどうかは、わからない。ただ無心で作っただけだ。

これで勢いづいたわけではないが（正直なところ勢いづきました）、その年に別の友人に誘われて西神田句会に入会し、さらに翌年にはＪＴＢパブリッシングの東山句会に入会。数年して、東山句会の伊崎恭子さんが宗匠の一夜会にも参加させていただくことになり、当時は四つの句会でうんうん唸っていた。四つということは、当たり前の話ながら毎月、四つの句会に出席することになるわけである。

こういう話をすると、俳句をやっている方のほとんどが、あきれ顔で「へーっ！」と言って驚かれる。「月に一回の句会に発表する句さえ苦労しているのに、なんで四つもの句会に入っているの？」「あんた、馬鹿じゃないの」みたいな反応が返ってくる。確かにそうかもしれないが、本人は、さほど苦ではなかった。その後、発展的解散などにより現在は湘南俳句会と西神田句会の二つの句会に参加しているが、振り返ってみると、俳句を二十三年続けてこられたのはビギナーズラックで鯛を釣りあげてしまった勢いがあったからだと思う。

が、それはそれとして、今では俳句をやっていて良かったとつくづく思う。年の差も肩書も関係なしに、互いに親しみを込めて俳号やファーストネームで呼び合うことができる間柄というのは、俳句ならではの世界といえるだろう。

ちなみに、自宅が鎌倉なので実朝忌俳句大会には時折、参加している。しかしながらその後、天はなし。やっぱり、何ごとも無心が肝要なのである。

本書の上梓にあたり、機会を与えていただいたユニコ舎の工藤尚廣氏と平川智恵子さん、そして写真家の高島史於氏、デザイナーの渡辺茂氏に心から御礼申し上げます。

最後に、本書に書いた多くの施設や店舗で現在は営業していないものもあり、また、亡くなられた方がいることも付記しておきたい。

■コサブロウが選ぶ芭蕉と蕪村の名句

さまざまのこと思ひ出す桜かな　松尾芭蕉

春の海ひねもすのたりのたりかな　与謝蕪村

異国を詠む

「パレスチナに行きませんか。
ただし一億円の戦争保険に入っていただきます」

沁みわたる柘榴ジュースやエルサレム

ある日、某雑誌から「パレスチナに行きませんか」という連絡があった。「面白そうですね」と答えたのだが、次の言葉でちょっと腰が引けた。「ただし、一億円の戦争保険に入っていただきます。費用はこちらで負担します」

戦争保険という存在など知る由もないが、まあいいかとカミさんを受取人にして旅立った。成田を十三時に出発し、イスタンブール経由でテルアビブの空港に到着したのは深夜二十三時三十分。現地駐在のガイドさんと落ち合い、車で約一時間のエルサレムへ。ホテルでひと眠りした翌朝、世界遺産の旧市街へ向かった。

ユダヤ教、キリスト教、イスラム教の聖地であり、何世紀にもわたって多様な人々が暮らしてきたエルサレム。城壁に囲まれた旧市街は、迷路そのものだ。淡いクリーム色のライム・ストーンで建てた家並みがひしめき、石畳の狭い路地が左右に広がっている。

わずか一平方キロの旧市街には、イスラム教徒の象徴である岩のドームやユダヤ教の聖地である嘆きの壁、そしてイエス・キリストがローマ兵によって捕らえられ、十字架を背負ってゴルゴダの丘まで歩かされたという悲しみの道（ヴィア・ドロローサ）、ゴルゴダの丘に建てられた聖墳墓教会などの遺跡が点在している。

嘆きの丘では、ユダヤ教の人々が手や顔を壁に寄せ付けて熱心に祈りをささげている。彼らが祈るのは、かつて壁の上に立っていた神殿の再建と自らの願いだ。壁の隙間には、それぞれの願いを記した数多くの紙切れがはさまれ、風に揺れていた。

全長約一キロの悲しみの道には、イエスが死刑判決を受けたところ、鞭打ちを受けたところなど留《りゅう》と呼ばれる場所が十四カ所あり、世界中からやってきた巡礼者が引きもきらない。道の両側には土産物店や軽食の店などが軒を連ね、「日本人かい？　甘い柘榴だよ」とジュース・スタンドの親父さんが気さくに声をかけてくれる。下校途中の学生や買い物帰りの主婦など、この地に暮らす人々の往来が絶えない。エルサレムは、まさに聖書の世界と現在が自在に行きかう聖なる街なのである。

エルサレムとともに、世界中のキリスト教徒が訪れるのがイエス生誕の地として知られるベツレヘム。人口約三万人のこぢんまりとした街には、二〇一二年に世界文化遺産に登録された聖誕教会や、聖母マリアゆかりの教会ミルク・グロット、そして世界中にテレビ中継されるクリスマス・イブのミサで有名な聖カテリーナ教会などがある。

遥か二千余年の昔、ベツレヘムにやってきたヨセフとマリアは宿を見つけることができず、イエスは馬小屋として使われていた洞窟で生まれた。その洞窟の上に建てられたのが聖誕教会だ。最初の教会は四世紀前半に建てられたが破壊され、現在の教会は六世紀前半に建設されたという。

祭壇近くの階段から地下に降りると、イエスが生まれたとされる畳二枚ほどの場所があり、大理石の床にシルバーの星が埋め込まれている。周囲にはいくつものランタンが下がり、人々はひざまずいて手を置き祈りをささげていく。

ちなみに、ベツレヘムの住民のほとんどはアラブ人で、聖誕教会の目の前の広場にも大きなモスクが立っている。しかし、住民のおよそ三割はキリスト教徒で、カトリック、ギリシャ正教、アルメニア教会などの寺院が混在している。店の看板はどこもアラビア語だらけで、ヒジャブで頭髪を隠す女性も多いが、すべてではない。ベツレヘムの街を歩くと、民族と宗教の多様性が、あらためて実感できるだろう。

最後に向かったのは、ヨルダンに近いジェリコ。ここで、ぜひ試してみたいのが死海だ。塩分濃度が普通の海水の約十倍で、「体に切り傷はありませんか」と、ガイドに確認されて体を沈めると、あら不思議。両手を上げたまま、何もせずにぽかりと体が浮いてしまう。宗教遺跡だけでなく、驚異なる自然体験もまたパレスチナの魅力だ。季語は柘榴（秋）。

シベリアの川を下りてキャンプ地へ

某新聞社のA氏から、一緒にシベリアに行かないかという電話があった。聞くと、ブラウンベア（シベリア熊）のハンティング・ツアーの同行取材だという。「シベリア？　ブラウンベア？」と聞いてちょっとばかり尻込みはしたけれども、二週間後にはハバロフスクの空港に降りたっていた。日本人のハンターが二人、旅行社のガイドI氏、我々を含めて五人。翌日には十五人乗りの双発機に乗り込み、ハバロフスクから北東へ約一時間三十分のソベツカヤガワニの空港へ向かった。略称ソフガワニ、第二シベリア鉄道の太平洋側の終点の町である。ここで現地のガイド五人と合流し、大型ヘリコプターに乗り換えてフトゥ川の上流へと飛ぶ。

大型ヘリで約一時間、アムール川と平行して広大なシベリアの原野を流れるフトゥ川上流の第一キャンプに着いた。キャンプといっても、ヘリが着陸できるだけのただの河原だ。ここに不要な荷物を置き、我々はゴムボートに乗って一週間、ひたすら下りながらブラウンベアを追うというわけである。

ヘリが去ってしまうと、半径数百キロ以内に住む人はいないというタイガのど真ん中に、我々十人だけが残った。ロシア人ガイドは、コック兼通訳のキムを除いて全員が国境警備隊の連中だ。がっしりした体躯と、ちょとはにかんだ笑顔、手には旧式のライフル銃。日本人ハンターのライフルは、射程距離五百メートルという最新鋭の銃である。

二人一組になって、早速ゴムボートでフトゥ川を下っていった。私の相棒はセルゲイという若者だ。川幅は、広いところで数十メートル、七、八メートルという狭い箇所もある。両側には柳や白樺、杉などが生い茂り、水はあくまでも透明で川底が見えるほどだ。長さ約三メートルのゴムボートはゆっくり下っていく。早朝六時頃に起きて七時には出発し、夜八時頃まで終日ボートで下るという日が一週間続いた。

ロシア人ガイドはさすがに鍛えられている。朝は角砂糖二個と紅茶だけの朝食で、悠々と出発する。我々といえば、毎夜ウォッカの酒盛りでフラフラの二日酔い状態だ。なにしろ、六十度近いウォッカの回し飲みである。言葉が通じなくてどうなるかと思ったが、ロシア民謡が互いの壁を一挙に突き破ってしまった。

二日酔いとはいえ出発に遅れてはならないから、とにかくボートには乗り込んで後はセルゲイまかせ。喉が渇くと、両手でフトゥ川の水を汲んで飲む。これがやたらに旨い。

三日が経過しても、ブラウンベアは姿を現さない。五組のボートは十分間隔で下っているので、時折、遠くで銃声が聞こえる。しかし、昼食のキャンプで成果を聞いても首を振るだけだ。昼食を兼ねた休憩の際の楽しみは釣りである。体長三、四十センチのハリウスはよく釣れた……と言いたいところだが、釣れるのはロシア人たちばかり。しかも、手製の釣竿に自分の頭の毛を切って赤い糸で巻き付けただけの仕掛けで、である。そんな中、A氏が体長約一メートルのタイメンを釣り上げた。日本でいう幻の魚イトウである。

「根がかりしたと思ったら、その根がいきなり動きだしたんだよね」。釣りは釣った者の勝ちである。十五分ほど格闘して釣り上げたタイメンは二人がかりで皮をはがし、まずは半身は刺身で食べ、残りはチャンチャン焼きにして平らげてしまった。

キャンプ後半になると、さすがに疲労が濃くなってきた。川下りとキャンプに慣れていたとはいえ、日中と夜の気温差は二十度以上、頭髪の中では無数のブユが運動会をしており、しかもブラウンベアが姿を現さないことからくるフラストレーションもあった。ロシア人ガイドにすれば、この時期なら必ずブラウンベアを仕留められるという自信があり、日本人ハンターよりもむしろ彼らの方がイライラしだし、それがまた全体の気分を重くしていた。

相棒のセルゲイとは、会話はまったく通じない。しかし、狭いボートの中で一日中顔を付き合わせていると、身振り手振りで冗談を言い合うようにもなっていた。そうした五日目、ようやく獲物を一頭仕留めることができた。残念ながらブラウンベアではなかったが、大きなムース（ヘラジカ）である。彼らはナイフを使って川べりであっという間に解体。セルゲイはムースの足の皮を倒木に釘で打ち付けて広げて乾かし、長靴を作るという。その夜のキャンプでは最上級の背ロースの刺身や焼き肉など、豪勢な鹿肉パーティーとなった。

明日はいよいよ第一キャンプに戻り、迎えのヘリに乗ってハバロフスクに帰るという最終日の夜、「明朝は最高のごちそうだよ」とコックのキムが鍋を指差した。聞くと、毛をそぎ落としたムースの鼻面だという。「ムースで一番旨いのはこの部分なんだ。ただし、一晩かけてゆっくりと茹であげなけりゃだめだけどね」。翌朝、またもや、ウォッカ酔いのA氏と二人、存分に鼻面スープを堪能してシベリアに別れを告げた。季語はキャンプ（夏）。

迫りくるアフリカ象や秋の星

二〇一九年九月に、再び南アフリカを訪ねた。場所は、ヨハネスブルグの空港から車で約三時間のヴェルゲヴォンデン動物保護区。早朝六時からのモーニングサファリに出かけた。空が少しずつ明るさを増していくブッシュではシマウマが蹄の音を響かせながら駆け抜け、バッファローやインパラ、キリン、サイ、カバ、イボイノシシなどの姿もある。

午後のサファリの途中、ブッシュの茂みから二頭のアフリカ象が突然現れた。体高は二メートルを超え、体長は四メートルほどか。

「あれは多分、兄弟だろう。大きいのは十八歳ぐらいで、もう一頭は十歳ぐらいかな」とガイド役のカレンが語る間もなく、その大きなアフリカ象がノッシノッシといった感じで停車中の我々の車に近づいてきた。なんと、ボンネット間近にまで寄ってくるではないか。私は助手席に乗っていたので「わおっ！」と、思わずのけぞってしまった。その巨体と迫力に、しばし茫然とするばかりだ。

アフリカ象は一、二分後にはブッシュに戻っていったが、これほどの距離感で遭遇するとは……。大きな耳と牙の印象は今も忘れられない。

さまざまな野生動物と出会うエキサイティングなゲームドライブの拠点となるのは、ヴェルゲヴォンデン動物保護区にあるマクウェティ・サファリロッジ。ベランダバルコニー付きの建物が丘の斜面に点在する、高級私営ロッジである。

快適なロッジライフで忘れられないのが、夜。周囲にほかの建物がないので、闇の中にまさに満点の星空が広がる。星に手が届きそうなほどの圧倒的な夜空の美しさもまた、サファリならではの魅力だ。

ヴェルゲヴォンデン動物保護区を後に、次はヨハネスブルク空港からケープタウンに向かった。約二時間十分のフライトだ。ケープタウンは十七世紀半ばにオランダ東インド会社がアジア進出の中継基地として建設したのが始まりで、以来、南アフリカの中心地となっている。近代的な高層ビルが立ち並び、ウォターフロントエリアには大型ショッピングセンターやレストランなどが点在し、いつも賑わっている。

このケープタウンの象徴ともなっているのが、テーブルマウンテンだ。標高千八十六メートルの山の頂上が、ほぼ平らになっていることから名づけられた。前回の取材では山頂までロープウェイで登ったが、あいにくとこのときは天候不良のために稼働していない。やむなく車で、シグナル・ヒルに向かった。標高約三百五十メートルのシグナル・ヒルはテーブルマウンテンを望む格好の展望台で、テーブルベイの港やケープタウンの街並みが一望にできる。かつて沖合を進む船のためにこの丘から信号旗を掲げていたことから、シグナル・ヒルと呼ばれるようになったという。

しかし、やはり天候は回復せず、真っ白な雲につつまれて全貌は見えない。もっとも、山頂全体が細長い雲ですっぽりと覆われている光景も、なかなか珍しい景観ではあった。ガイドによると、テーブルマウンテンは独特の形をしていることや海が近いことから天候が一定せず、こうしたことは結構あるそうだ。

翌日は、ケープタウンの北に広がるウエスト・コースト国立公園を訪ねた。ゲートを入り、さらに十分ほど車を走らせると、左右にみごとなワイルドフラワーの草原が広がった。

車を降りて、砂地の草原を見て歩く。なんという美しさだろう。一面に咲き誇る広さもそうだが、白、黄色、薄い黄色、濃い黄色、淡い黄色、紫、朱色……などなど、鮮やかな色の競演に圧倒される。これらの花はウエスト・コースト・デージーと呼ばれるもので、見ごろは南アフリカの春の九、十月。細い茎の部分を噛んでみると、甘酸っぱくてやさしい味わいがほのかに口中に広がった。もっとも、国立公園内ではこの花を摘むことは一切禁じられており、ゲートの外に咲くウエスト・トコースト・デージーを試したものだ。季語は秋の星（秋）。

ラグビーの南アフリカ疾走す

サッカーやラグビーのワールドカップで、日本人にもなじみ深い南アフリカ共和国。多彩な歴史と話題を秘めた南アフリカを訪ね、プレトリア駅から贅を尽くした寝台列車ブルートレインに乗った。ケープタウンまでの約千六百キロを約三十時間、一泊二日で走る世界最高峰の豪華寝台列車である。飛行機を利用すれば二時間ほどで行ける距離を列車で三十時間かけて贅沢に過ごすのだから、まさに究極の鉄道旅行といえるだろう。

プレトリア駅午前七時三十分。ブルートレインの旅は、出発する時点からすでに優雅そのものだ。プレトリア駅には一般の乗客用とは異なる専用ラウンジがあり、入り口にはなんとレッドカーペットが敷かれている。

スーツケースを預けてラウンジに入ると飲み物が用意され、チェックインの手続きが行われる。しばらくして立派なチケットと客室のキーが手渡されると、専属のバトラーがプラットフォームに停車しているブルートレインの客室まで案内してくれる。バトラーはそれぞれの乗客が列車を降りるまで、さまざまなサポートしてくれるお世話係で、にこやかな黒人バトラーの名前はエリック。案内された客室はデラックスイートで、テーブルとイス、ソファが並んでいる。窓は横約二・五メートル、幅は約一メートルと大きく、車窓からの風景が存分に楽しめそうだ。部屋にはバトラーにすぐ連絡できるよう車内電話まで用意されている。室内にはクローゼット、テレビ、トイレ、シャワーなどがあり、大理石の洗面台には立派なアメニティの数々。無論、ワイファイ完備でエアコン付きだ。出発は八時半。ゆっくりと動き出した。平均時速は四、五十キロ。時折七、八十キロまで上げるが、全体的にゆったりとしたスピードで進む。

まずは車両の設備をご紹介しよう。編成は機関車を含めて十九両で、客室はすべて個室寝台。先頭から三両目がバー・カウンターがあるクラブ・カーで、唯一の喫煙車両である。中ほどに料理を作るキッチン車両があり、その隣にダイニング・カー（食堂車）とラウンジ・カーが続き、最後尾はラウンジを兼ねた展望車となっている。車内の内装は客室も含めて艶を帯びた飴色のパイン材がふんだんに用いられ、クラシカルで優しい雰囲気に満ちている。

ちなみに、列車内の酒類を含むドリンクの代金も運賃に含まれており、特別な輸入酒類を除いてすべてフリー。食事はフレンチが基本で、芳醇な南アフリカ産のワインやシャンパンとともに楽しめる。気になるドレスコードはディナータイムのみで、女性はイブニングドレス、男性はジャケットとネクタイを着用する。それ以外はカジュアルで問題ない。

車内をあちこち歩き回り、ひと休みしようとクラブ・カーに向かった。バーテンダーが笑顔で、「何を飲みますか?」と聞く。まだ昼前だが、ここはブルートレイン。迷わずシャンパンを注文した。クラブ・カーから客室に戻り、ソファに腰かけて流れゆく車窓を眺める。果てしなく続く大地の広がりは、まさにアフリカ大陸そのものだ。

午前十一時。バトラーのエリックがブランチの用意ができたと伝えに来てくれたので、ダイニング・カーへ。前菜はメロンサラダのフェタチーズキューブ添え。バルサミコ酢がきれいにかけられている。カリフラワーとトリュフのスープと続き、メインは牛肉のフィレステーキまたはノルウェーサーモンのグリル。デザートはチーズ盛り合わせにイチゴ。

どの一品も、優雅な余韻を残すおいしさだ。素材そのものが吟味されていることがわかる、絶妙にして繊細な味わいである。この豪勢なメニューがブランチなのだから、ディナーへの期待はますます高まろうというものだ。

よく冷えたシャンパンと白ワインで少し酔ったのか、客室に戻ったところでバトラーを呼んでソファをベッドにしてもらった。ふかふかのベッドで、しばしの午睡。なんという贅沢な鉄道旅行だろうか。上質できめ細かいサービスは、まさに「走る高級ホテル」そのものである。ディナーは、スモークサーモンとアボカドのサラダに前菜はエビのグリルとシーフードのパイ包み揚げ、メインは舌平目のソテーまたは鹿肉とピスタチオ風味のラム肉のコンビネーション、デザートはチーズケーキのイチゴジャム添え……といった具合だ。舌平目のソテーは外はパリッとして、中はしっとり。上品なホワイトソースが奥深い旨みをさらに際立てる。

シャンパンに白ワイン、さらに香り高い赤ワインも存分に堪能して、今度はクラブ・カーへ。居合わせた南アフリカ在住のご夫婦とともに、バーボンウィスキーを飲みながらこの国の旅の魅力を語り合った。ケープタウン着は明日の午後三時。時間はたっぷりある。闇の大地を疾走するブルートレインの夜は、まだまだ終わらない。季語はラグビー（冬）。

サバンナの風に吹かれてビールかな

「アフリカの水を飲んだ者は、必ずまたアフリカへ戻ってくる」——。赤道直下とはいえ、標高は約二千メートル。高原の爽やかな風につつまれて冷えたビールを飲みながら、何度かその言葉を思い出していた。

ここは、マサイ・マラ国立保護区の一角にあるイルモラン・キャンプ。ビールは久しぶりに飲むタスカー。ラベルに象のイラストが描かれた、ケニアで一番人気の銘柄だ。三十年ほど前、初めてケニアを訪れてウォーキング・サファリを体験した懐かしい記憶がよみがえる。ブッシュに設営したテントを拠点に、ライフルを携えたアメリカ人ガイドと、槍を手にした老マサイとともにサバンナを歩き回ったものだ。キャンプに着くと、数人のケニア人スタッフが焚き火で食事を作ってくれる。当時のビールはほとんど冷えてはいなかったが、今はぎんぎんに冷えている。

このときはウォーキング・サファリではなく、サファリ・カーでサバンナを駆け巡るドライブ・サファリだ。舞台となるマサイ・マラ国立保護区は、野生動物の多さではケニア随一を誇る。首都ナイロビから小型ジェット機でおよそ四十分、旅の拠点としたのは、その一角にあるロッジのイルモラン・キャンプ。

初日のドライブ・サファリでは、幸運にもアフリカ象の群れと出くわした。それも子供連れの十数頭の群れが二つ。草を食べながらゆっくりと移動する彼らに近づいていくと、群れのリーダーらしき巨像が互いに鼻を振り回してこすり合っている。

ガイドによると、これは同じ母系ファミリー同士の挨拶だという。大人の象を真似して、子供の象もさかんにこすりあっている。なるほど、そんなこともあるのかと興味津々、カメラを向け過ぎていたのが失敗だった。気が付くと目の前ほんの七、八メートルのところで若い象が耳を広げ、こめかみから汗をたらりと流しながら、さかんに首を振っているではないか。こちらを睨みつける形相に思わず声を上げると同時にドライバーが急発進したので助かったが、後で聞くとこれは象の攻撃サインだった。象は、苛立ってくるとこめかみから汗を流すのだという。

翌日のドライブ・サファリの途中、ドライバーが低い声で「シンバ！」と叫んだ。シンバとはスワヒリ語でライオンのことだ。息をひそめて近づくと、アカシアの木の下でメスのライオンが物憂げな表情で寝そべっていた。

十数頭のハイエナがシマウマの残がいに食らいつき、ハゲタカの群れが遠巻きに見つめている。先にシマウマを食べてすでに満腹なのか、メスライオンはおこぼれにあずかっているハイエナを見向きもしない。血染めのろっ骨と肉をかじるガリガリという音がなんとも不気味だ。

豊饒な野生の世界を目の当たりにし、高揚した気分で戻ってくると素晴らしいロッジライフが待っている。私に用意された大きなテントには、キングサイズのベッド、立派なバスタブ、シャワーにトイレもある。朝食前には「グッドモーニング・サー」の声とともに、ケニアンティーとビスケットが運ばれてくる優雅さ。そしてスープ、サラダ、ステーキのディナーにはパイとピーチアイスクリームのデザートまで付いている。

ところが、贅沢なロッジライフもまた常に野生の世界と隣りあわせである。すぐ下の川にはカバの一群が生息し、テントの周囲はイボイノシシがうろうろしているのだ。問題は巨体のカバ。夜行性の彼らはロッジを横切って草を食べに行くので、万が一に備えてライフルを持った警備員が深夜から早朝までロッジ内を見回るという。

カバが崖をよじのぼってくる？　まさか……。半信半疑だったが、夢うつつの中で確かに「ブハッー、ブーッ、バウーッ！」という重低音の声がしばらく響きわたっていた。季語はビール（夏）。

コーランの細き響きや南風

ケニアといえば、まず思い浮かぶのがサファリ。壮大なサバンナを舞台に、さまざまな野生動物との出会いを体験するサファリはケニアの旅ならではの醍醐味である。象やライオン、バッファロー、キリン、サイ、ヒョウなど野生の動物たちとの出会いは実にドラマチックだ。しかし、ケニアの魅力はそれだけではない。インド洋に面した海岸部に行くと、首都のナイロビや動物王国のサバンナとはまったく異なる世界を見ることができる。アフリカ東岸は古くからアラブとの交易が盛んだったため、イスラム文化の香りに満ちた港町や小島が点在しているのだ。

ソマリアとの国境近くにあるラム島もそのひとつ。町ができたのは十四、五世紀のことで、現在の人口は約二万人。住民のほとんどがイスラム教徒であり、東アフリカで現存する最古のスワヒリ建造物群が評価され、旧市街が世界遺産に登録されている。

小さな船着場から上陸すると、そこが港に面したメインストリート。とはいえ幅は二、三メートルと狭く、長さは端から端まで八百メートル足らず。イスラムの帽子コフィアをかぶった男性やアラブ風の衣装をまとった女性が目に付く。人間のほかに歩いているのはロバ。ラム島には車が二台しかないためか、ロバは格好の軽トラック代わりであり、ここでは飼い犬のような感じであちらこちらで姿を見ることができる。

町の中央広場には、一八一一年に建てられた城砦が残っていた。今は博物館となっているが、かつてはここを拠点にモンバサからの侵入者と戦いを繰り広げたという。錆び付いた当時の大砲がそこかしこに置かれている。

城砦の裏手一帯が、世界遺産の旧市街だ。幅一メートル程度の狭い路地が迷路のように入り組み、石造りのストーンハウスや、サンゴの壁を巡らせたコーラルハウスが軒を連ねている。足に任せて歩いていると、どこからともなくコーランが聞こえ、あらためてここがイスラムの町であることを思い知らされるだろう。季語は南風（夏）。

くらげなぞ砂でこすれと父の言

　幼い頃、海水浴といえば内房の富浦へ家族総出でよく行ったが、我が家では、海水浴初日に父親が子供たちを波打ち際に放り込むのである。さすがに中学生の姉たちにはしなかったが、五歳の私と八歳の兄がその洗礼を受けた。

　波打ち際に放り込まれれば当然、波にまかれてしまうが、そうすることで海の恐ろしさを知り、同時に水に慣れることで水泳を覚えられる……というのが、明治生まれの父親の理屈なのだ。波にまかれて、何度も海水を飲みながら必死に立ち上がった。くらげに刺されても、「そんなものは砂でこすっておけばよい」で終わりである。

くらげといえば日本から南へおよそ三千二百キロ、パラオのジェリーフィッシュレイクでは何十万匹ものくらげの大群の中で泳いだことがある。ジャングルの中を歩くこと十分。エメラルドグリーンの水をたたえた湖が、ひっそりと広がっていた。救命具を付け、シュノーケリングでゆっくりと進んでいくが、頭の中は「くらげ？　気持ち悪い！」という思いでいっぱいだ。毒性は低いとは聞かされているものの、やはり不気味さは消えない。と、数分進むうちに湖底から何やら白っぽい生き物が、ふわりふわりと浮上してくるではないか。まさに、くらげの大群である。しかし、気味の悪さは最初だけだ。よく見ると大きいのは手のひらサイズで、体長一、二センチの赤ちゃんくらげもいて、実に可愛らしい。数分後には、さきほどの気味の悪さはすっかり消えていた。視界のすべてが、くらげに占められているという不思議。しかも何万、何十万匹もの彼らと一緒に泳いでいるという驚き。くらげの王国に迷い込んだかのような、感動に満ちた世界。

ちなみにこれは、たこくらげ。ロックアイランドに囲まれているために敵がいなくなり、進化の過程で毒性が退化したものだ。こちらの肩や腕に触れてもまったく刺されることはなく、単なる寒天にさわっている感じ。ジェリーフィッシュレイクで過ごした三十分は、生涯忘れられない貴重な体験であった。季語はくらげ（夏）。

夏空に白き家並みエーゲ海

取材で、ヴェネツィア発着一週間の地中海クルーズに参加した。空の玄関口となるマルコ・ポーロ空港からヴェネツィアまでは、タクシーで約二十分。大小さまざまな運河が縦横に巡るヴェネツィアは自動車の乗り入れが禁止されているので、タクシーはローマ広場まで。そこから各ホテルまでは徒歩か水上バスとなる。重たいスーツケースを持って歩くのは、石段の橋が随所に架かっていることもあって大変だ。しかしそこはよくしたもので、街のあちらこちらに荷物運びのポーターが待機している。

ホテルにチェックインし、まずは水上バスに乗ってサン・マルコ広場へ向かった。高さ九十六メートルの大鐘楼がそびえ、サン・マルコ寺院やドゥカーレ宮殿などが立つここはヴェネツィア観光のハイライト。かつてヴェネツィアに侵入したナポレオン・ボナパルトは、幾何学模様の敷石が広がるこの広場を見て「世界一美しい広場」と絶賛したそうだが、確かに回廊のある石造りの重厚な建物が整然と立ち並ぶ光景は圧巻だ。

サン・マルコ広場をひと巡りし、大運河の中央に架かるリアルト橋に向かった。ヴェネツィアの橋の中でもっとも古いリアルト橋は、サン・マルコ広場とともに知られる観光スポットである。水上バスでも行けるが、ゴンドラが行き交う街なかを散策しながら歩いて行くことにした。地図で確認すると、サン・マルコ広場から三百メートルほどの距離だ。

細い路地や小さな運河が複雑に入り組んでいるヴェネツィアは、まさに迷宮そのもの。古びた建物が運河や路地に沿って軒を連ね、しゃれたカフェやブティックも多い。ゴンドリエーレ（漕ぎ手）がカンツォーネを歌いながらゴンドラを進める様子や、みやげ物店を覗いているうちに、たちまち迷子になってしまった。方向は理解しているのだが、似たような光景が続くうちにわからなくなってしまうのだ。しかしヴェネツィアの楽しみ方は、逆にそうした迷子感覚で散策することにあるともいえる。さほど広くもなく、宿泊しているホテルの名前をヴェネツィアっ子に尋ねれば親切に教えてくれる。

ヴェネツィアで一泊し、いよいよ地中海クルーズの始まりだ。乗船したのは、コスタ・デリチョーザ。総トン数は九万二千六百トンで全長二百九十四メートル、乗客定員は二千八百二十六人。最初の寄港地は、バーリ。アドリア海に臨む港町で、メルヘンチックな世界遺産の村・アルベロベッロへの入り口となっている。アルベロベッロは、白壁にとんがり帽子のような円錐形の石積み屋根を載せた、トゥルッリと呼ばれる家屋があることで知られる人口約一万人の小さな村だ。トゥルッリは住居のほか、みやげ物店やカフェなどの店舗として使われている。集中している地区を歩くと、見たこともないとんがり帽子の可愛らしい家々が立ち並び、まさにおとぎの国に迷い込んだかのようだ。

クルーズの三日目は、エーゲ海に浮かぶサントリーニ島。船が島に近づくと、断崖絶壁の上にさながら山の残雪のように白い街並みが広がっている。紺碧の海と真っ青な空、そして茶色の絶壁と白亜の家々が調和して実に美しい。崖の上にはイアとフィラの二つの街があり、まずはバスでイアに向かった。絶壁の狭い道をジグザグに登っていくのだが、下を見ると谷底に落ちそうで怖い。思わず足がすくんでしまうが、これもサントリーニ島ならではの体験だ。到着したイアは、まさに白亜の街。石畳の細い路地の両側に立つ民家やショップはすべて白、白、白。さらに青いドーム型の屋根を載せた白壁の教会が随所にあり、どこを歩いても絵葉書のような絶景に出会える。イアからフィラに行くと、ここもまた白亜の家並みが続く。

四日目は、アテネ観光の起点となるピレウス港へ。アテネのアクロポリスには数々の神殿が立ち並んでいるが、最大の目玉はパルテノンの神殿。アテネの守護神アテナ女神を祭るため紀元前四四七年に着工し、紀元前四三二年に完成した巨大な神殿である。柱も階段も屋根もすべて大理石。神殿内には入れないが、その大きさに圧倒されるばかりだ。

五日目は終日クルーズで、六日目に最後の寄港地のドゥブロヴニクに入港した。アドリア海の真珠と称される、クロアチアきっての観光地である。中世にはヴェネツィアと並ぶ貿易都市として栄え、アドリア海に突き出した旧市街に今も往時の面影が色濃く残っている。

世界遺産の旧市街は重厚な城壁にぐるりと囲まれ、その上を歩いて回る城壁巡り（有料）が人気となっている。城壁は高いところだと二十五メートル近くもあり、オレンジ色の瓦屋根を頂いた家々がぎっしりと並ぶドゥブロヴニクらしい光景を一望にできる。洗濯物を干す人々の暮らしぶりや、アドリア海を行き交うヨットやフェリーなども見える。ちなみに、総延長は約二キロもあり城壁巡りは一方通行。基本的に引き返すことはできない。途中で城壁から降りる箇所もあるので、見逃さないように注意したい。季語は夏空（夏）。

オタクサと呼ばれし国の濃紫陽花

日本とオランダの通商四百周年を記念する二〇〇九年に、オランダのライデン大学を訪ねた。一五七五年に創設されたオランダ最古の総合大学だ。同国で唯一の日本語学部があることや、壮大なシーボルトコレクションを収蔵していることでも知られている。

「ではシーボルトコレクションからいくつかご紹介しましょう」と案内された図書室で、ブーカース教授が流暢な日本語を話しながら見せてくれたのはシーボルトが作らせた辞書。正確には辞書というより単語のリストで、オランダ語と日本語がずらりと並ぶ。

シーボルトが、長崎・出島のオランダ商館に医師として赴任したのは文政六（一八二三）年。西洋医学の最新情報を日本へ伝えると同時に、七年間の滞在中に日本の生物、民俗、植物などあらゆる分野の事物を収集し、オランダへ持ち帰った。収集品の中に幕府禁制の日本地図があったことが問題になり、国外追放処分となるが、次にブーカース教授が広げたのは、その禁制の地図のひとつだった。薄茶色の和紙に描かれているのは北海道。まさに幕府が禁制としていた蝦夷地そのものである。さらに「一番秘密の絵図がこれですよ」と見せられたのは、なんと「江戸御城内御住居之図」。透き通るほど薄い和紙に「松ノ廊下」「菊ノ間」「医師詰所」など各部屋が緻密に書き込まれている。ブーカース教授によると、この絵図はシーボルト事件で処刑された幕府の天文方・高橋景保からもらったものだそうだが、極秘中の極秘文書まで持ち出したシーボルト、おそるべしである。

また、シーボルトは数多くの日本固有の植物の種も採取して西洋に広めたが、そのひとつが紫陽花であり、彼が最も好んだ花だった。実はシーボルトは著書『日本植物誌』の中で日本の紫陽花を紹介するにあたり、その名を、ヒドランジア・オタクサと名づけた。オタクサとは、長崎滞在時の彼の妻・楠本滝（お滝さん）の名前から命名したものだ。当時のヨーロッパにはなかった紫陽花に、大胆にも妻の名前を冠したシーボルト。それほどこの花の神秘的な色合いに魅了されたのだろう。季語は濃紫陽花（夏）。

滝壺の飛沫激しきナイアガラ

なんという光景だろう。目の前にカナダ滝とアメリカ滝が、猛烈な勢いで迫っている。想像を絶するほどの迫力だ。ナイアガラ・フォールズ市にある高さ百六十メートルのスカイロン・タワーの展望台に上がると、これまでに見たこともない光景が広がった。世界三大瀑布にひとつとしてあまりに有名なナイアガラ・フォールズである。右側が馬蹄型をしたカナダ滝で、幅約六百七十メートル、落差は約五十六メートル。左側がアメリカ滝で、幅約三百三十メートル、落差は約五十八メートル。カナダのオンタリオ州と、アメリカのニューヨーク州とを分ける国境になっている。

スカイロン・タワーを降り、今度はカナダ滝にせり出すようになっているテーブル・ロックへ向かった。カナダ滝の上にあるビューポイントで、滝までの距離は、なんとわずか三メートルほど。大河が滝になって豪快に流れ落ちてゆく瞬間が、間近で眺められるのだ。あまりに近いために、思わず引き込まれそうな感覚になってしまう。

次は、「ジャーニー・ビハインド・ザ・フォールズ」というアトラクションに参加した。これは滝の裏側と真横から眺めるもので、滝調査用の地下通路を利用してエレベーターで地下約三十八メートルまで降りていく。エレベーターを降りて滝の真横にある屋外展望台に出ると、豪快な飛沫が待っていた。テーブル・ロックでも飛沫を浴びたが、そんな甘いものではない。上から横から、背後から絶え間なく飛沫が襲ってくるのだ。スタッフが黄色の薄いビニールカッパを渡してくれるが、すぐに全身びしょ濡れになってしまう。まさにミストシャワーの洗礼だが、これもまたナイアガラ・フォールズならではの醍醐味といえるだろう。

圧巻は、ボートツアー。大型遊覧船に乗り、滝壺ぎりぎりまでゆっくり進んでいく。屋内からも見学できるが、二階の屋外に出ると轟音とともにまたもや飛沫に襲われる。さきほどの洗礼の比ではない。しかしこうなると、ずぶ濡れが気にならなくなってくるから不思議だ。自然の驚異を耳と目と肌で実感できることに、感謝することにした。季語は滝壺（夏）。

びしょ濡れのラオスの古都の水鉄砲

水をかけ合うことが、こんなにも楽しく快感であったとは……。バシャ、バシャ、バシャーン！　バケツや柄杓、たらい、水鉄砲などあらゆるもので、メインストリートを行き交う人々に容赦なく水がかけられる。水をかける方もまた、周囲の人々に水をかけられ、ほとんどすべての人がびしょ濡れ状態だ。水をかけられたといって、文句を言う者はいない。水をかけることは功徳であり、ラオスの人々にとっては正月の大切な行事なのである。地元の住民も世界各国からやってきた観光客も、互いにびしょ濡れになりながら喚声を上げて大笑いする光景のなんと、楽しげなことか。こちらも防水カメラをバッグにしまいこんで、バケツで応戦。あたりかまわず水をかけまくった。

ハノイから空路で約一時間、ルアンパバーンに到着したのは、ちょうどラオスの正月だった。ラオスでは毎年四月中旬が正月の決まりで、この年は四月十三日から十五日。この時期が年間で最も暑いこともあり、ラオス全土で水かけ祭りが行われるが、中でもひときわ盛大なのがルアンパバーンなのである。メコン川とその支流のナムカーン川に囲まれた緑豊かなルアンパバーンは、かつてのランサーン王国の都であり、山間の狭い町中に、一五六〇年に建立されたワット・シェントーンをはじめ今も七十を越す寺院が点在する信仰の町である。人々の僧侶に寄せる敬虔な思いは、毎朝行われる托鉢を見れば実感できるだろう。

ようやく白み始めた通りには竹で編んだ籠を持ち、ひざまずいて僧侶たちを待つ人々の列。やがてオレンジ色の袈裟に裸足の僧侶が、次から次へとゆっくりと近づいてきた。人々は籠の中の炊いたもち米やお菓子、果物などを差出し、僧侶は無言でそれらを腰の籠で受け取っていく……。数百年の昔から続く厳粛な儀式に思わずこちらも合掌し、ただ見守るばかりであった。なお、水かけ祭りは十時から十八時までと決まっており、バイクや車にも容赦なく襲ってくるからご用心。托鉢は毎朝六時頃からシーサワンウォン通りで行われる。季語は水鉄砲（夏）。

ラトビアの夏至の祭りの笑顔かな

バルト三国のひとつラトビア。首都リガの旧市街は「バルト海の貴婦人」と称される美しい港町として有名だ。このラトビアが一年でもっとも賑わうのが夏至祭である。冬が長いラトビアでは、夏至は古くから特別な日。六月二十三日と二十四日は祝日で、人々はふる里へ戻り夜を徹して祝う。リガから遠く離れた小さな村の夏至祭に参加し、歌って踊り、自然と一体化する素朴な伝統行事を楽しんだ。

ラトビアをはじめ、バルト三国への入り口となるのはフィンランドの首都ヘルシンキ。フィンランド航空だと日本から最速の約九時間半で到着する。ここからラトビアのリガ空港までは約一時間のフライトだ。

Ｌｉｇｏ（リーゴ）と呼ばれる夏至祭はラトビア全土の街や村で行われるが、このとき訪ねたのはリガ空港から車で約四時間の小さなパペ村にある森の広場。果樹園や茅葺きの家が立ち並ぶ草原の一角には、すでに村人が数十人集まっていた。幼児からお年寄りまでが笑顔で迎えてくれる。女性はマーガレットや矢車草、バラなどの花、男性は柏の葉の冠を付けるのが夏至祭の約束事であり、基本は民族衣装を身に着けるのだが普段着の人もいる。

会場には長い木のテーブルが置かれ、手作りのパンやチーズ、ピクルス、サラダ、ビールなどが並んでいる。「日本からの客人を迎えたのは初めてです。さあ、飲んでください」と注がれた自家製ビールは蜂蜜を使ったもの。甘くてコクのある味わいは格別だ。

やがて夜の八時、アコーディオンの演奏とともに歌と踊りが始まった。白夜のせいかまだ明るい中、人々は手をつなぎ大きな声で歌い、輪になって踊る。弾ける笑顔が美しい。歌の合間には、「リンダルダンダル」とか「リーグアリーグア」といった囃子言葉を全員で唱え、いっそう盛り上がる。ひとつの歌と踊りが終わるたびに拍手し、再び次の歌と踊りが始まる。座って眺める人、ビールを飲む人、食べる人など誰もが心から楽しんでいる姿が印象的だ。

歌と踊りは九時半頃まで続いた。ここでひと休みとなるが、それにしてもずっと踊りっ放し。いかに村人が夏至祭を大切にし、祝っているかがうかがえる。次第に薄暗くなってきたところで、今度は広場から海辺へ移動した。歩いて五分ほどの砂浜に降り、全員が並んで歌う。「神馬が行き交う」「太陽と月が行き交う」「流れ星も行き交う」といった同じ四行詩を歌い続けるのだという。

十時過ぎの日没まで歌い続けた後は砂浜の焚き火から小さな松明に火を移し、各自が手にして先ほどの広場へ。戻ると大きな焚き火が用意されており、人々は勢いよく燃えさかる炎を囲んで再び合唱が始まった。内容は夏至祭や太陽を称え、祝うもので、この行事がラトビア神道ともいわれる自然信仰に基づいたものであることがわかる。どの顔も真剣そのものだ。先ほどの弾けるほどの笑顔はなく、厚い信仰心がひしひしと伝わってくる。

夏至祭は夜明け近くまで行われ、昇る太陽に感謝して終了となる。このとき、野の草についた朝露を手にとり顔を洗うのが昔ながら作法となっている。ちなみに、なぜ一晩中起きていられるか不思議に思っていたが、「みんな前日は遅くまで起きていて、当日は午後二時頃までゆっくり寝て夏至祭にそなえているのです」とガイドが教えてくれた。

ラトビアの首都リガの旧市街は、中世ヨーロッパの都市同盟のひとつ、ハンザ同盟の港町として栄えた港湾都市。バルト三国最古にして最大の街であり、世界文化遺産に登録さている。新市街のホテルからぶらぶらと歩いていくと、ビルセータス運河がゆったりと流れる緑豊かな公園が広がり、それを抜けると旧市街となる。

広さ約〇・五平方キロの旧市街には、バルト三国最古の歴史を誇るリガ大聖堂、高さ約百二十三メートルもの尖塔がそびえる聖ペテロ教会、一九三五年にラトビアの独立を記念して建てられた自由記念碑などの見どころが点在しているが、ぜひとも昇ってみたいのが聖ペテロ教会の展望台だ。高さ七十二メートルのところにあり、エレベーターで約七十秒。外に出ると眼下に大きなダウガヴァ川と旧市街の家並みが一望に広がり、この街が港湾都市として発展してきたことが如実にわかるだろう。季語は夏至（夏）。

晩秋の紳士の国の老舗パブ

数年前の晩秋にロンドンへ行き、アスコット競馬場や伝統と歴史に彩られたパブ、そしてシャーロック・ホームズ博物館などを訪ねた。

晩秋のロンドンは、結構冷える。午前十時にバッキンガム宮殿に行くと、すでに沿道は世界各国からの大勢の観光客であふれているが、誰もがコートに毛糸の帽子、手袋と防寒具に身を固めている。

観光客の目的は、宮殿前で行われるロンドン観光の目玉である衛兵交替。外周護衛を担当する近衛兵の交替の儀式である。十一時過ぎから始まるのだが、目の前で見たいために寒さの中、場所取りのために詰めかけているのだ。

やがて待つこと一時間。マーチングバンドの演奏に合わせ、銃を肩にかけて一糸乱れずに行進する衛兵たちの姿はさすがに威厳があり、かつ華やかで目を奪われる。ちなみに、バッキンガム宮殿は現在も王室の住居であり、エリザベス女王は平日はここで実務にあたり、週末にはウィンザー城で過ごすという。

翌日はロンドン中心部から列車で約一時間、ウィンザー城の西南アスコットにあるアスコット競馬場に向かった。英国王室が所有する競馬場で、最初のレースが開催されたのは一七一一年八月十一日。大の馬好きであったアン女王が、居城のウィンザー城から程近い場所に広大な丘を発見して競馬場の建設を命じたものだ。日本でいえば江戸時代中期だから、歴史の古さがうかがえるだろう。

二〇〇四年から約二年かけて大改修された競馬場は、実に巨大で美しい。外観もみごとだが、グランドスタンドに立つと緑の芝コースがひときわ印象的だ。

施設内にはレストランやバー、ブティック、土産物店、アスコット関連グッズ販売店などがあり、若いカップルをはじめ、お年寄り夫婦や家族連れが楽しんでいる。日本の競馬場とは異なり、どこか優雅な雰囲気にあふれているのも、やはり王室所有のせいかもしれない。見るだけではつまらない……と単勝馬券を買ったが、残念ながらはずれた。

さて、英国といえばパブ。「パブリックハウス」（公共の家）の略で、元々は宿泊所も兼ねた居酒屋のことだ。ロンドンにはパブがいたるところにあり、大人の社交場としていつも賑わっている。

このときは、「ジ・オールド・チェシャー・チーズ」と「シャーロック・ホームズ」を訪ねた。ともに、地元客にも人気の名店だ。「ジ・オールド・チェシャー・チーズ」の創業は、なんと一五三八年。『クリスマス・キャロル』のチャールズ・ディケンズ、『トム・ソーヤーの冒険』のマーク・トウェイン、そして『シャーロック・ホームズ』シリーズで有名なアーサー・コナン・ドイルなど、名だたる文豪が通ったことでも知られる老舗中の老舗である。マリリン・モンローやチャーリー・チャップリン、ジョン・F・ケネディもよく来店したそうだ。

地下一階、地上五階建ての現在の建物は、一六六六年のロンドン大火の翌年に再建されたもの。三つのレストランと四つのバーがあり、客はそれぞれお好みの場所で過ごすことができる。

マネージャーのティモシー・ライダーさんに案内された小さなレストランのテーブル

脇には、「ここがディケンズの定席」と刻まれた銅版がはめ込まれていた。さらに案内されて五階へ行くと、分厚いビジター・ブックが何十冊も。ぱらぱらとめくっていくと、「一九二九年十月二十九日訪問」と日本語で書かれたものもあった。達筆過ぎて名前は判読できないが、昭和初期にここを訪れた日本人は果たしてどんな人物なのだろうか。

この店の名物メニューは、ステーキ&キドニーパイ。パブの定番料理のひとつで、よく煮込んだ牛や豚などの腎臓（キドニー）が入ったパイのことだ。臭みもなく、ビールとの相性も抜群の一品だ。

もう一軒の「シャーロック・ホームズ」は、『シャーロック・ホームズ』シリーズの『バスカヴィル家の犬』に登場するノーザンバーランド・ホテルがあった場所に立っている。一階がパブで、なんとシャーロック・ホームズという名前のビールもある。ポスターや挿絵がいくつも飾られた階段を上がった二階がレストラン。人気メニューのフィッシュ&チップスは、衣にビールを加えているそうだ。レストランの一角には、ホームズの書斎が小説どおりに再現されているが、残念ながらガラス越しに見るだけで中には入れない。書斎の様子や、ホームズ関連の小物などはシャーロック・ホームズ博物館でたっぷり見学できる。季語は晩秋（秋）。

芳醇な葡萄の里やオカナガン

八月上旬の一週間、カナダへの取材旅行に行った。成田からカルガリーへ飛び、広大なカナディアン・ロッキー山脈自然公園群のひとつヨーホー国立公園から、カナダ有数のワイナリーが点在する葡萄の里・オカナガンを巡り、バンクーバー経由で帰国するロードトリップだ。まずはカルガリーの空港からカナダ横断ハイウェイを走り、ブリティッシュ・コロンビア州のヨーホー国立公園に向かう。カナディアン・ロッキーとはよく言ったもので、近づくにつれ氷河をいただいた三千メートル級の荒々しい岩山が次々と連続する。ほぼ垂直の絶壁が、まさにそそり立つごとくに連なる光景は圧巻だ。ヨーホーとは先住民クリー族の言葉で「驚き」や「畏怖」を意味するそうだが、ダイナミックにして勇壮な岩山の連なりは、日本ではまず目にすることのない「驚異」の世界といえるだろう。

三時間ほどでエメラルド・レイクに到着。その名のとおり、エメラルドグリーンの水をたたえた湖で、青い空と白い雲、そして神秘的な水の色がみごとに調和している。湖畔のエメラルド・レイク・ロッジの夕食のメインは、バイソンのステーキ。バイソンの別名はバッファロー。ブラウンソースのかかったステーキは、見た目も味も牛肉そのものだが、普通の牛肉に比べどこか野生っぽい味わいがしてなかなかの旨さであった。

さすがはカナディアン・ロッキーのロッジ、ワイルドで珍しい料理で旅人をもてなしてくれるな……と感心していたのだが、実はそうではなかった。翌日、湖を一周するハイキングを楽しんで湖畔のカフェでランチにした。さて、何にするかなとメニューを見ると、なんと、バイソンのハンバーガーがあるではないか。しかも、聞けばご当地での一番人気だとか。そう、バイソンはカナディアン・ロッキーでは結構ポピュラーな食べ物なのである。バイソン・ハンバーガーは十七カナダドル。日本円にして約千六百円。前夜のステーキ同様、味も見た目も一般的な牛肉ハンバーガーなのだが、脂分がやや少ない分だけさっぱりして肉そのものの旨さが感じられる。

三日目は、カナディアン・ロッキーから西へ約四時間のオカナガンへ。ここは百六十以上ものワイナリーが集まるカナダ有数のワイン生産地。細長くのびるオカナガン湖の両岸にはなだらかな丘陵が広がり、大規模なものから家族経営のものまで、それぞれに個性的なワイナリーが点在している。

二日で六軒ほどのワイナリーを取材したが、ご紹介するのは百パーセントオーガニックのサマーヒル・ピラミッド・ワイナリー。試飲コーナーでは、オーナー夫人（日本人！）が自らグラスに注いでくれた。きりっと冷えた白ワインの芳醇にして爽やかな風味に、あらためてカナダワイン、いやオカナガンワインの実力に驚いてしまった。

それだけではない。このワイナリーの最大の特徴は、ひときわ目立つピラミッド型の熟成庫。これは、ピラミッドのパワーがワインに深みを与えると信じるオーナーが作ったもので、基部は約十八メートル×十八メートルの正方形で高さは約十二メートル。角度は約五十二度。中に入ると、薄暗い熟成庫にはワインを詰めた樽がずらりと並べられ、天頂部からひと筋の陽光が差し込むようになっている。なんともいえない不思議な雰囲気が漂う中で、今度は十分に冷やしたアイスワインをふるまってくれた。

アイスワインは、氷結した葡萄から造られる糖度の高いワインのこと。これまで日本で飲んだアイスワインは単に甘ったるいだけだったが、そうした認識を一変させる深みと、舌に残る葡萄本来の優しさが感じられるおいしさである。

確かに甘いのだが、べたついた甘さではなく、奥ゆきと広がりのある甘さであり、後口がすっきりしているのだ。正直なところ、私はワインが不得手な方であり、普段は蒸留酒を好んで飲んでいるのだが、その私が思わず「すみません。もう一杯ください」と夫人にグラスを差し出してしまったほどである。カナダのアイスワインは格別とは聞いていたが、これほど旨いとは……。季語は葡萄（秋）。

■コサブロウが選ぶ芭蕉と蕪村の名句

あけぼのや白魚白きこと一寸　松尾芭蕉

遅き日のつもりて遠きむかしかな　与謝蕪村

酒と食を詠む

火と土鍋のせめぎあいで生まれる

京都「大市」の極上のすっぽん鍋。

すっぽんの雑炊旨し京の町

究極の鍋料理であり、高級日本料理の代名詞ともいえる「すっぽん鍋」を食べに、京都の「大市」を訪ねた。「大市」の創業は、江戸時代初期の元禄年間。およそ三百四十余年にわたり、すっぽん一筋に十八代続く老舗中の老舗だ。

「大市」では、すっぽん鍋のことを〇鍋（まるなべ）と呼ぶ。メニューは、この〇鍋のコースのみである。木造二階建ての店舗は創業当時の建物が基礎となっており、梁や天井など随所が黒光りして歳月の艶を帯びている。

入り口近くの板壁の柱には、小さな刀傷が数カ所残っている。「すべて同じ方向の傷ですから、これは斬り合いではなく、多分店に対する嫌がらせだったのでしょうね」と語るのは、十八代目当主の青山佳生さん。気分は一機に、江戸の昔の京都へと引き戻されるかのようだ。

歴史を誇る老舗だけに、志賀直哉『暗夜行路』、川端康成『古都』などの文学作品にも登場し、また数多くの著名人が訪れた。里見弴の署名がある落書き的な書が店内に残っており、志賀直哉、芥川龍之介、直木三十五らが来店し、「禿げ頭の頑固爺が調味するすっぽんの土鍋にうつつをぬかした……」などと書かれている。

客室は手入れの行き届いた中庭に臨むお座敷が基本だが、二階にはテーブル席もある。この二階へと上がる幅約五十センチ、わずか八段のみの小さな階段が、『暗夜行路』では「これも恐らく何百年と云う物らしく、黒光りのしている」と描かれたもので、まさにその通りのたたずまいだ。

○鍋のコースは先付（すっぽんの肉のしぐれ煮）に始まり、本料理、雑炊、香物、水物となっている。本料理は、すっぽんのスープに一口くらいに切った骨付きのすっぽんの肉が入ったもの。熱々を楽しめるように、二度に分けて土鍋で供される。鍋料理といえば客が卓上コンロで煮ながら食べるのが一般的だが、ここでは調理場で石炭を原料とするコークスを使って一気に煮て席に運ばれる。これこそが「大市」ならではの変わらぬこだわりであり、独自の調理法なのである。

このときは特別に調理場にも入れさせていただいた。さばいたすっぽんを特別に醸した伏見の酒とブレンドした醤油、そして生姜のしぼり汁で下味をつけたスープに入れ、厚めの土鍋で煮ること約五分。送風機で煽られるコークスはオレンジ色に煌々と輝き、その熱は千六百度を超える。鍋の底は真っ赤で、一部が溶け出して床に落下するほどだ。煮えたぎる鍋には、野菜や豆腐は一切入っていない。これを客室に運んで食すのだが、卓上コンロは使わず余熱だけで十分なのである。

青山さんが、自ら取り分けてくれた。まずはスープから。ほんのりと塩気があり、凝縮した旨味が舌をくすぐる。日本酒を加えて飲むと、さらに絶品だ。次は身をいただく。ほろほろぷりぷりの身は雑味のない、ピュアな味わいだ。生臭さはまったくない。鶏肉と魚肉の中間というところで、口中にほのかな野性味が残る。

締めは雑炊。土鍋にすっぽんスープと少し固めに炊いたご飯、お餅、そして鶏卵を二個入れて炊くことわずか数分。なんとも滋味あふれる味わいである。

「すっぽんは浜名湖の当店専用の養鼈《べつ》場で養殖しています。雑味が出ないよう、白身魚のドライフードなど研究を重ねたエサを与えています」と青山さん。

千六百度以上もの高熱に耐える土鍋は、信楽の陶器作家に砂に近い土を用いて特別に焼いてもらっているという。使用前には、日本酒と醤油の味を一カ月かけて十分に染み込ませる。

こうして出来上がった土鍋だが、高熱で酷使するため三カ月しかもたないそうだ。火と土鍋のせめぎあいが、いかに激しいかの証左といえるだろう。季語は雑炊（冬）。

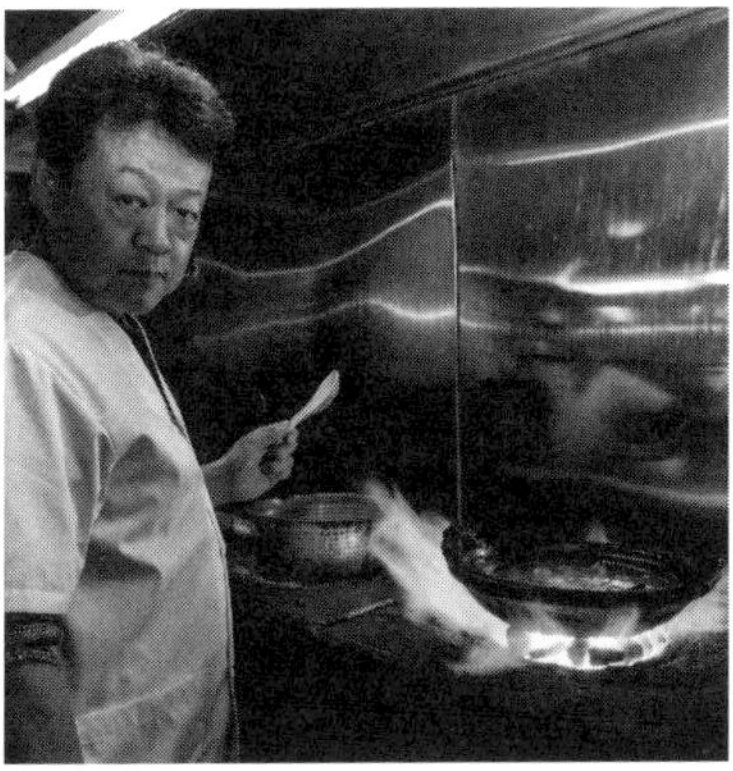

春の宵ウツボ食いたる土佐の国

獰猛な顔つきから「海のギャング」とも称されるウツボ。食べるにはちょっと尻込みしてしまう面構えだが、高知県では人気食材として親しまれている。ウツボ料理の元祖という名店で、刺身やたたきを賞味した。

高知市内の多くの居酒屋でウツボ料理は食べられるが、訪ねたのははりまや橋近くにある「たたき亭」。その名の通り、鰹やウツボのたたきが店の看板メニューとなっており、先代の和田亨さんが昭和四十二（一九七二）年に創業した。

店内に入ると、大きな生簀に体長七十センチ前後のウツボが七、八匹ほど身を潜めている。全身に黒と黄色の独特の網目模様があり、口を開けると鋭い歯が並んでいる。近くで見るとさすがに迫力満点だ。

「ウツボは骨が多く、しかも複雑に入り組んでいるのでさばくのが実に大変です。先代の大将は、包丁一本で骨を取り除く独特の技術を編み出した名人でした」と語るのは、二代目料理長の大西康夫さん。

和田さんは十年前に亡くなり、その後を大西さんが引き継いでウツボ料理を調理している。当初はホールで働いていたが、和田さんの作る料理や技術にあこがれて料理人の道に進んだという。

「大将はいつも、人と違うことをやらねばダメだと話していました。ウツボ料理も、そうした思いから生まれたのだと思います。もっとも、『見て覚えろ』と言って僕には教えてくれませんでした」

ウツボをさばくところから撮影を開始したが、改めてその顔を間近に見るとなんとも不気味だ。大西さんは、出刃包丁で巧みにさばいていく。一匹さばくのにかかる時間はおよそ二十分。身は、透き通っているかのように白い。全身に鋭利な小骨があるウツボは、身に小骨をつけないよう丁寧にさばくことが肝心だという。骨の形も腹部と尻尾では異なるので、包丁の入れ方も部位によって変えなくてはならない。

大西さんによるとウツボは結構個体差があり、調理の際に激しく暴れ回るのもいれば、まな板の上の鯉のようにおとなしいものもいるそうだ。ウツボは高知市中央卸売市場（弘化台市場）から仕入れており、使うのは重さが二・五キロまでのもの。それ以上だと大味だという。

さばき終わったら、刺身を作る。ふぐ刺しのようにできるだけ薄く削ぎ、皮は湯引きして氷でさっと冷やす。たたきは冷蔵庫で二日間ほど寝かせ、切り身をさらに小さく切り分け皮を付けたままグリルで十分ほど焼き上げる。から揚げも皮を付けたまま、片栗粉をまぶして油で揚げる。

まずは刺身からいただく。白身で、縁がうっすらとピンク色だ。自家製ポン酢を付けて食べると、淡泊でクセのない味わい。コリコリとした歯ごたえで、臭みはまったくない。皮はゼラチン質が多くモチモチっとした食感で、肝はやわらかくて実になめらか。

たたきは、店オリジナルのたたき酢をからめ、ニンニクの薄切りとタマネギをのせて食べる。焦げ目が付くまで焼いているので香ばしく、やわらかいけど弾力がある。から揚げは、前述のたたき酢におろしニンニクを加えたタレを付けて味わう。こちらもまた香ばしく、鶏肉にも似た噛みごたえのある食感が楽しめる。

海辺で釣りをしていると時折、ウツボが顔を出すことがあり、獰猛な顔つきにはぎょっとさせられたものだ。そのウツボを、まさか食べることになるとは……と恐る恐るの取材だったが、まさに案ずるより産むがやすし。意外なおいしさに正直、驚いた。高知の奥深い食文化に、あらためて拍手を送りたい。

ちなみに、ウツボの皮にはゼラチン質の天然コラーゲンが多く含まれており、高知では古くから「産後の女性にウツボを食べさせると、お乳の出が良くなる」と言い伝えられている。季語は春の宵（春）。

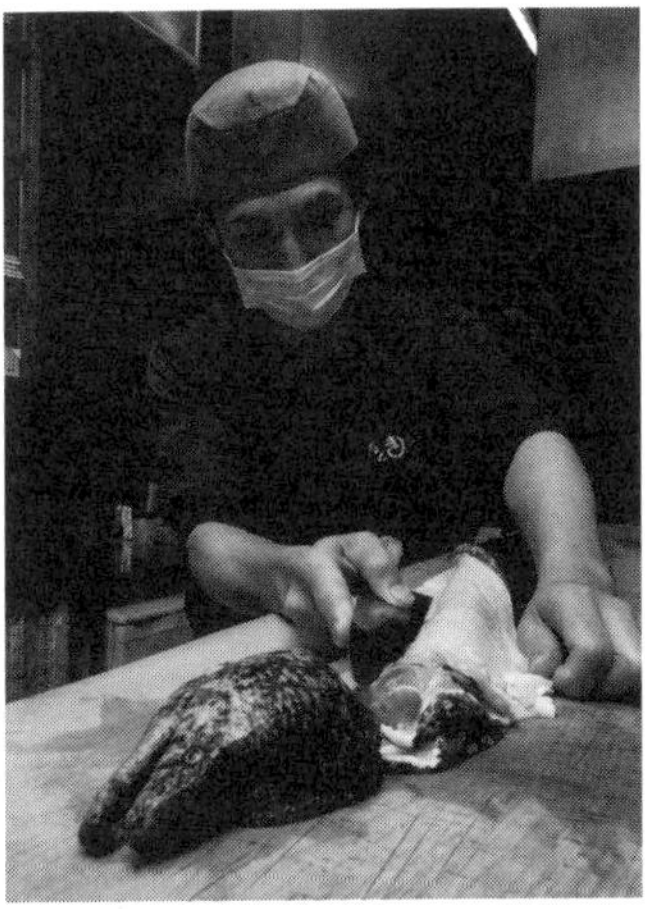

目も骨もありて無念のしらすかな

ご飯の友としておなじみのしらす（白子）。春先からしらす漁が各地で行われているが、茨城県北茨城市の大津港ではしらす船曳き網漁を体験することができる。早春の一日、小型漁船に乗り込み潮風を浴びながら大漁を期待して出漁した。

船は五トンで漁師さんは三人。十時きっかりに出航し、エンジンの爆音とともに波しぶきを上げて沿岸部を進む。体いっぱいに吹き付ける潮風が心地よい。

魚群探知機で群れを探しながら進むこと約十五分で、今日の漁場に到着した。網を船尾から海中に入れると、ぐるりと円を描くように船を転回させる。

「遠心力で体がもっていかれるので、船べりにつかまっていてください」と漁師さん。網を投げ入れて五分ほどで、ローラーでの巻き上げが始まった。ぐんぐんと網が巻き上がってゆく光景に、期待と不安が交錯して思わず力が入る。何しろ、獲った魚はすべて持ち帰ることができるのだ。

先端部の網袋を開け、獲物を桶に移していく。キラキラと光り輝く半透明の魚体は、まさしくしらすである。小さなサメやエイ、フグ、イカ、セグロイワシの子なども混じっている。この日の漁獲はしらすが丼ぶりに三杯分ほどで、後は大半がイシカワシラウオだった。全部合わせて数キロ程度だが、それでもうれしい。獲れたばかりのしらすを手ですくって食べることができるのも、漁業体験ならではの楽しみだ。コリコリ、プリプリの生しらすは、ほのかな苦みと甘みがあり、それに海水の塩気が混然となってなんとおいしいことか。臭味はまったくない。イシカワシラウオは体長約六センチ、やはり半透明でこちらも生で堪能した。

港に戻り、今度は大津漁業直営市場食堂で生しらす定食を味わった。しらすにおろし生姜をのせ、醤油につけてご飯とともに口に入れると、またひと味違ったおいしさが広がる。なお漁業体験でのしらす漁は、四月から本格的になる。季語はしらす（春）。

丸ごとのレタス炒める夕べかな

　ミュージシャンのグッチ裕三氏は料理研究家としても知られ、テレビではさまざまなアイデアメニューを披露している。彼の料理は市販の「そばつゆ」を利用することが多いが、確かに「そばつゆ」は基本的な万能調味料であり、私にとっても必需品だ。「出来合いの調味料なんか利用して……」と文句を言う人もいるかもしれないが、便利なものは便利であり、使えるものはなんでも利用したほうがいい。

　私がたまに作る「干しシイタケとレタス炒め」で使う基本調味料は、市販の「土佐酢」。土佐酢は、三杯酢（酢に醤油と砂糖または味醂をそれぞれ同量まぜた、やや甘味のある合わせ酢）に鰹節で取った出汁を加えたものだが、きちんと作るのは結構面倒だ。そこで市販の「土佐酢」をベースに、醤油や酢、砂糖を加えて好みの味を作ろう。

一般的にレタス炒めの料理は豚肉や牛肉を使うことが多いが、この料理は戻した干しシイタケが主役。肉の代わりとなるシイタケが意外な食感とおいしさを発揮し、かつ、レタスが二人前で一個、ぺろりと食べられてしまう。甘酢の風味が食欲を刺激し、ご飯のおかずにも、酒の肴にしてもいける一品だ。

シイタケには、肉厚でかさが開ききっていない冬菇《どんこ》と、薄手でかさが開いている香信《こうしん》、その中間的存在で両方の利点を持っている香菇《こうこ》などの種類がある。干しシイタケは、これらの生シイタケを乾燥させたもので、生に比べると格段に香りと旨味が強い。

この干しシイタケ調理のポイントは、十分に水で戻すこと。時間を短縮したいからと、熱湯を使う人もいるようだがこれは避けたい。水に浸けること最低半日。夕食に使いたければ、朝起きたときには、水にひたしておこう。

レタスは生で食べるもの……と思っている方が多いようだが、実は炒めてもおいしい食材なのだ。意外としゃきしゃき感は残っているし、火を加えることで嵩が減り、二人で丸ごと一個のレタスを軽く食べることができる。

中華鍋にサラダオイルを引き、みじん切りした根生姜を弱火で炒める。香りが立ってきたら強火にし、さらにサラダオイルを加える。そぎ切りにしたシイタケをすべて加え、よく炒める。さらにざく切りしたレタスをすべて加え、一気に手早く炒める。

「土佐酢」にシイタケの戻し汁、醤油、酢、砂糖、味醂を加えた調味液を加え、レタスがややしんなりしてきたらごま油を加え、弱火にして水溶き片栗粉を加えて、できあがり。調味液は、甘辛のやや濃い目にしたほうがおいしい。

そういえば、南房総の千葉県館山市で冬にレタス狩りをしたこともある。レタスは夏の高原野菜のイメージが強いが、冬季に温暖な地域で作られる冬レタスもあるのだ。冬レタスを栽培しているのは、館山市の神戸地区。遠くに紺碧の太平洋を望む高台にあり、ここで収穫されるものは、かんべレタスと呼ばれている。

かんべレタスの歴史は、終戦直後にまでさかのぼる。館山に駐留していた米軍が、故国の料理に欠かせないレタスやパセリなどの西洋野菜を作ってほしいと農家に依頼したのが始まりという。レタス栽培農家は現在約三十軒あり、レタス狩り体験を実施しているのは安西農園。同農園の野菜直売所とレタス狩り受付を兼ねる百笑園を訪ねると、「キク科のレタスは、水はけのよい砂地を好みます。神戸地区はミネラルを多く含んだ砂混じりの土地であることや、海から吹く潮風が畑の風通しを良くすることなどからレタス作りに適しているのです」と、安西農園の安西淳さん。

百笑園の前には、トンネル栽培のレタス畑が広がっている。トンネル栽培とは、かまぼこ型の骨組みを作ってビニールをかぶせて保温し、その中で作物を育てる方法。長さ数十メートルの畝がいくつも並び、直径二十センチほどのレタスがずらりと並んでいる。

安西さんの案内で畝の中に入り、レタス狩りのスタート。どのレタスも同じように見えるが、「大きさと葉っぱの巻き方を見て、収穫時期に適したレタスを選ぶのです」と、安西さん。教えられたレタスを左手でぐいとつかみ、地面から少し持ち上げて株の部分を小さな包丁でスパッと切る。半分に割り、その場で試食してみた。外側の葉はやや苦みがあるが、芯に近いところはシャキシャキして驚くほど甘い。緑、白、黄と色合いが異なるが、もっとも芯に近い黄色の部分は、「これまで食べてきたレタスは何だったのか？」と思ってしまうほどの甘さである。

かんベレタスは、生よりも火を通すとさらに甘みを増す。しかもシャッキリ感がかなり残るので、地元ではサラダはもちろんだが、味噌汁の具やチャーハンの仕上げに加えたり、しゃぶしゃぶにして食べるそうだ。季語はレタス（春）。

安心院てふ葡萄の丘の白ワイン

国内では珍しい、瓶内二次発酵で生産される「安心院スパークリングワイン」は、きめ細やかな泡立ちと豊かな果実味、さわやかな酸味が特徴だ。焼酎「いいちこ」で知られる三和酒類が営む安心院葡萄酒工房を訪ねた。

安心院と書いて「あじむ」と読む。全国にはユニークで読みにくい地名が結構あるが、安心院は中でもトップクラスといってもいいだろう。

安心院葡萄酒工房は大分県北部、国東半島の付け根にある安心院盆地にあるワイナリーである。このあたりは昼と夜の寒暖の差が激しく、由布院盆地と同様に朝霧が発生することでも知られている。そうした気候風土を活かし、数多くの葡萄農家が良質の葡萄を生産してきた。

宇佐市に本社がある三和酒類がワインの醸造を始めたのは、昭和四十六（一九七一）年。当時は宇佐市で製造していたが、やがて平成十三（二〇〇一）年に安心院町からワイナリー誘致の申し入れがあり、同年に現在地に安心院葡萄酒工房を開園したのである。

「杜の中のワイナリー」をイメージしたというだけに園内は緑濃い樹木がうっそうと生い茂り、森林浴をしながらワイナリー見学が楽しめる。芝生広場や東屋まであり、ピクニック気分で訪れる人も多い。

一時間に二千本のラインが稼働する充てん室をはじめ、ワイン発酵タンクや貯蔵タンク、葡萄の粒と枝をより分けて仕込みタンクに送る徐梗破砕機、果汁を絞る圧搾機などが並ぶ醸造場、そして室温十五度から二十度に保たれている地下のワイン貯蔵庫などを見学して広大なあじむの丘農園へ。

シャルドネ、アルバリーニョ、甲州、ナイアガラ、ピノタージュ、メルロー、小公子などが栽培されているあじむの丘農園は、総面積約四ヘクタール。見渡す限りに広がる葡萄畑の光景は、実に壮観だ。平成三十（二〇一八）年からは、ここから南東へ約五キロの高台に、あじむの丘農園のおよそ三倍の収穫量を目指す葡萄畑の造成が始まった。

ちなみに、このワイナリーのワイン醸造技術管理士である古屋浩二さんは、ワイナリー設立に先立ってカリフォルニア大学デーヴィス校で一年間栽培醸造を学び、さらにオレゴン州のワイナリーで研修したキャリアを持っている。

年間生産量は現在約十五万本。スパークリング、白、赤、ブランデーなどさまざまな製品が揃っているが、おすすめは国内では珍しい瓶内二次発酵で生産されるスパークリングワイン。瓶内二次発酵とは発酵後のワインを瓶に詰め、糖分と酵母を添加して再度発酵させる伝統的な製法。発酵後は一年以上の熟成期間を経て、その後約一カ月かけて毎日逆さに立てた瓶を手で回しながら瓶先に澱を集め、最後に瓶先を凍らせて澱を抜き取るなど手間をかけて育てるものだ。

こうしてできた安心院スパークリングワインは、クリーミーできめ細やかな泡立ちと豊かな果実味、そして透明感のある辛口で芳醇な味わいが特徴。日本ワインコンクールで平成二十八（二〇一六）年、平成二十九（二〇一七）年と二年連続の「金賞・部門最高賞」に輝いた。

ほかにも、二〇一七年日本ワインコンクールでは安心院ワインアルバリーニョが銀賞、安心院ワイン小公子が銅賞を受賞している。

見学の後は、楽しみな試飲。一般的に試飲は無料プラスアルファで有料のワイナリーが多いが、ここはすべて無料なのがうれしい。安心院葡萄酒工房で生産されるほとんどのワインが、フリーで味わえる。また、安心院葡萄酒工房の前にあるワイナリーレストラン「朝霧の庄」の人気メニュー、豊後牛サーロインステーキの洋食セットもぜひ賞味したい。

季語は葡萄（秋）。

憂きことはひとまず置いて初鰹

　肉より魚が好き、刺身ならなんでも好き。中でも鰹が何より大好き……というわけで数年前の初夏、旅行記者仲間と一緒に高知へ飛んで豪快な鰹料理を堪能してきた。

　訪ねたのは、ちょうど日曜日。まずは街の中心部、高知城の追手門に向かって約一キロの路上で開かれる日曜市を散策。三百年の歴史を誇り、元旦と二日、八月中旬のよさこい祭りの期間中を除けば雨が降ろうが何があろうが、必ず日曜に開催される高知名物の市である。しかも朝は五時から夕方六時頃までやっているのだ。

　簡易テントを張った程度の小さな露店が、およそ五百軒。ほとんど一直線にずらりと並んでいる。売っているのは採れたての野菜に果物、海産物、生花、日用雑貨に骨董品、手作りの巻き寿司やら団子までなんでもあり。変わったところでは、「たぬきの油」なんていうのもあった。「切り傷にも二日酔いにも風邪にも効くよ」と言われ、思わず買ってしまった。小瓶入りで二千円。

体長四、五センチの小魚が、ざるの上に乗っていた。聞けば関東でいうところのヒイラギで、こちらでは「ニロギ」と呼び、南蛮漬けや塩をきかせた干物が旨いそうだ。日曜市の途中にあるのが「ひろめ市場」。食事処やショップが六十軒ほど集合したマーケットだ。ここで食べたドロメも旨かった。ドロメは鰯の稚魚で、いわゆる生しらすのことである。酢醤油でささっと味わうのだが、生ビールに実によく合う。

高知の日曜市が素晴らしいのは、呼び込みがまったくないことだ。名の知れた某朝市はしつこいほどの呼び込みにイライラするが、こちらは「まあ、気に入ったら買ってってください」と、こちらから声をかけないかぎりのんびりしたもの。南国らしいおおらかさに、ほっとする。

さて、高知城を見学して今夜の宿、「桂浜荘」へ。坂本龍馬の像が立つ、有名な桂浜の目の前にある高知市営の国民宿舎である。太平洋を一望にする大浴場で汗を流し、早速、地元の方々と卓を囲んで夕食だ。今夜のメインは、高知名物の皿鉢料理。鮪の刺身や鰹のたたき、鯖寿司、タコの煮物、栄螺のつぼ焼き、伊勢えびなど、旬の食材をいろいろ料理して「これでもか！」とばかりに大皿に盛り込み、いかにも土佐らしい豪快な料理である。ときにはエビフライ、グラタン、メロンまで盛り付けるというから、食いしん坊にはたまらない。

飲むのは、もちろん日本酒。高知には「酔鯨」「豊乃梅」といった地酒がいろいろあり、高知県内で消費される日本酒の九十パーセント以上は県内の地酒といわれるほど、ふるさとの酒を愛飲しているのだ。食べても食べてもいっこうに減らない皿鉢料理と、飲み干すたびに注がれてしまう酒……。もう勘弁してくれ、いやいやもうちょっと……などとうれしい悲鳴の連続の一夜であった。

翌朝は二日酔いすることなく、すっきりした気分で朝食の席へ。ここで出てきたのが、日曜市で見かけたニロギの干物。ちょこっとあぶっていただくと、少し塩がきついがそれがまた食欲をそそる。小さくて平べったいながら、脂ののった身の旨さをしっかりと主張しているのだ。

土佐の食べ物の奥の深さは、まだまだこれから。弓なりに広がる美しい桂浜や、坂本龍馬の手紙や彼が所持していたものと同じ型のピストルなどを展示する高知県立坂本龍馬記念館を見学し、「桂浜荘」に戻って今度は昼食となった。

メニューは鰹のたたき。それも、藁であぶった塩たたきである。ドラム缶に藁を敷き、三枚におろして節に分けた鰹を豪快にあぶり焼くのだ。焼くといっても、皮目のほうが約一分、手で引っくり返しておよそ三十秒。あっという間の藁あぶりショーである。

氷水には入れず、あぶった鰹は手早く切り身にし、さっと塩をふる。聞けば、室戸の海洋深層水で作った塩だとか。皿に盛り付け、食べるときにまた塩を付けてワサビとニンニクとともにいただく。醤油でしか食べたことがなかったので、ちょっと不安だったが、身はほっくり、さっぱり味で実に旨い。藁のこげた香りが、ほんのりと舌と鼻腔をくすぐる。鰹のたたきといえばポン酢しか知らなかったが、それとはまったく異なる世界。生姜ではなくワサビというのが気になったものの、それが高知流。まさに、本場ならではの一品に大満足であった。

鰹といえば、静岡県の御前崎も訪ねたことがある。御前崎もまた鰹の水揚げで知られており、カメラマンと早起きして港に行った。目の前で漁船から次々に獲れたばかりの鰹がベルトコンベアで運ばれる光景は、実に壮観だ。鰹は鮮度が勝負。民宿で食べた刺身の、なんと旨かったことか。季語は鰹（夏）。

寒月や息をひそめし大干潟

十年ほど前に、美肌の湯として知られる佐賀県の嬉野温泉を訪ねた。嬉野川がゆったりと流れる静かな市街地に、旅館やホテルが点在する田園のいで湯である。まずは商店街の一角にあり、誰でも無料で利用できる「シーボルトのあし湯」でひと休みしてから、老舗旅館の「和多屋別荘」へ。目指すは、この宿の別館「水明荘」にある「湯殿心晶」。和の風情にモダンなデザインを加えた瀟洒な浴場が評判なのである。浴場は檜造りと御影石造りの二つ。ともに内風呂と露天風呂があるが、ことに水と石を大胆にデザインした露天風呂が素晴らしい。あふれ出る源泉掛け流しの湯は、ナトリウムと炭酸水素からなる重層泉。

身を浸すと、独特のつるつる感と、まったりとしたとろみに包まれる。実になめらかな湯の正体は、炭酸水素ナトリウムが皮膚表面の余分な皮脂汚れを乳化して、浄化するからだという。なるほど、美肌の湯と称されるわけである。

さっぱりとしたところで、その優れた泉質の温泉水を使った温泉湯どうふを「宗庵よこ長」で賞味した。温泉湯どうふ発祥の店と名乗る食事処である。初代の主人が嬉野の温泉で豆腐を炊くと、柔らかくなることに着目して考案したそうだ。

土鍋に入った温泉湯どうふは、白濁した湯汁にとろりとした豆腐が沈み、上にはエビや野菜などの具が乗っている。「ネギと削り節の薬味を土鍋に入れて豆腐は湯汁ごと食べ、具はタレの酢醤油につけて召し上がってください」と、ご主人。

ちなみにほかの店では豆腐はごまタレなどで食すが、ここでは白濁した湯汁に独自の味付けをしているので、こうした食べ方になったという。いわゆる普通の湯豆腐とはまったく異なる、滋味あふれる優しい初体験の味わいである。

嬉野から今度は日本磁器のふるさとである有田へ向かったが、この地でまた初体験の有田焼カレーと出会った。正確には有田・焼カレー。地元のギャラリー&レストラン「おおた」が考案したもので、二十八種のスパイスを使ったカレーのルーにたっぷりのチーズを乗せてオーブンで焼き、有田焼きの器に入れたものである。駅弁にまでして人気沸騰というからおもしろい。無論、味のほうも大満足であった。翌日は有明海沿岸の太良町を訪ねた。キャッチフレーズは「月の引力が見える町」。このあたりは潮の満ち引きによって最大六メートル近くもの干満の差を生み、広大な干潟を作り出しているのである。

干満の差が六メートルとはなんとも驚きだが、そうした大自然の力によって干潟は牡蠣や海苔、車海老、蝦蛄、蛸……など豊かな海の幸に恵まれ、そのひとつである竹崎カニを堪能しようというわけである。竹崎カニとは一般的にガザミと呼ばれるワタリガニの一種で、水深十メートル以上の泥質の傾斜地などに生息している。佐賀県の最も西南にある、太良町竹崎地区で数多く採れるのでその名前が付けられた。大きいのは、甲羅の幅が三十センチもあるというから立派なものだ。

向かったのは、たら竹崎温泉にある「蟹御殿」。趣向を凝らした客室と露天風呂で評判の宿である。食事の前にまずは汗を流そうと七階の展望露天風呂へ行くと、これがすごい。目の前に有明海がどーんと広がり、正面には雲仙岳を望むみごとなロケーション。しかも、浴槽に身を沈めると目線の高さが遠くの海面とほぼ同じなのである。普通、屋上露店風呂とはいっても、浴槽の縁にフェンスなどを設けてあるため、実際に湯に浸かるとせっかくの眺望も台なしになるところが多いが、ここはまったく違う。浴槽の縁の外に何もないのだ。ちょっと怖いくらいだが、そこは安全性を考慮して設計されているから大丈夫。あいにく曇り空だったが、ここで鮮やかな朱に染まる夕焼けに出会ったら最高だろう。

泉質は、低張性アルカリ性冷鉱泉。無色透明でさらりとした、気持ちのよい湯である。お待ちかねの夕食の膳には、自家製ピーナツ豆腐、お造り（鱸・鰤・鮪の昆布巻きなど）、牡蠣のせいろ蒸し、クチゾコ（舌鮃）の煮付け、茹で竹崎カニ、焼き竹崎カニなどがずらりと並んだ。

期待の竹崎カニは、焼きもおいしいがやはり茹でガニが一番。もっちりとした身は旨味がぎゅっと凝縮された感じで、ズワイガニとも毛ガニとも異なる旨さなのである。カニ酢も用意されているが、何もつけずに濃厚なカニ独特の旨さをそのまま味わいたい。

「竹崎は山が海に迫っているので山の養分が流れ込み、さらに太陽の光が干潟にあたることでプランクトンが豊富です。その豊富なプランクトンをカニが食べているからおいしいのですね」と「蟹御殿」広報担当の松元政明さん。カニは、客の食べるタイミングをはかって茹で上げているのも旨さの秘密かもしれない。同行のカメラマンともども、しばらく無言のまま至福のひとときを堪能した。季語は寒月（冬）。

酒鮓や薩摩おごじょも呑みたかろ

鹿児島にはさつま揚げやさつま汁、とんこつ、きびなご刺身などの郷土料理があるが、酒鮓もそのひとつである。訪ねたのは、鹿児島随一の繁華街として有名な天文館にある「熊襲亭」。昭和四十一（一九六六）年に創業した、正調さつま料理で知られる老舗である。

酒鮓は、もともとは各家庭でも作られていたが手間がかかることから次第に減少し、現在では提供する料理店もわずかという。「酒鮓は江戸時代から続く食べ物で、武士の奥方たちがお花見のときに作っていたといわれます。当時は男尊女卑の時代で、女性はなかなか男性の前でお酒は呑めません。でも、お花見のときぐらいは女性も呑みたいですからお寿司にまぜたというわけです。言ってみれば、薩摩おごじょの知恵が生んだ料理ですね」と話すのは、「熊襲亭」専務の黒川晋太郎さんである。

作り方を紹介しよう。炊き立てのご飯を専用の琉球塗の桶に敷き詰め、そこにご飯の半量の地酒をかけて粗熱を取る。さらに残りの地酒を振りかけながら残りのご飯と具材をミルフィーユ状に重ねていく。四キロの重石を二つ載せて一晩寝かせて発酵させれば出来上がりだが、ご飯をさます時間や寝かせる時間は季節によって異なる。「地酒はご飯と同量使い、ひたひたになるほど入れます。お米が一升なら地酒も一升です」と、黒川さん。

具材も実に多彩だ。椎茸、厚焼き玉子、海老、三つ葉、木の芽、ツワブキ、桜鯛、筍、烏賊の九種類。海老や烏賊はさっと火を通して薄味に、椎茸とツワブキは濃いめにしっかりと味をつける、桜鯛は酢締めにするなど、そのほとんどを別々に炊いて味付けするのだから、確かに手間のかかる料理である。地酒は「灰持酒」という、味醂に似た甘い酒を用いる。

試食すると、ご飯はねっとりとしてほのかに酒の香りが広がる。いわゆる「酒臭い」感じはせず、甘くて芳醇な風味だ。甘辛く煮付けた椎茸や、こりっとした筍の歯ざわりもいい。季語は鮓（夏）。

どてら着て行きつ戻りつ朝の市

旅をして、何が一番の楽しみかというと市場や朝市、夕市巡りである。都会の商店街にも、活気あふれる市場があることはあるが、やはり地方のそれとは比較にならない。なんといっても、地のもの、獲れたてが並ぶのだから臨場感が違う。

最近も、輪島の朝市で鰯と鯖のこんか漬（糠漬）を買い、高知の日曜市では万病に効くというたぬき油を手に入れた。馬油は知っていたが、たぬきは初めてだった。早朝の氷見漁港での、水揚げしたばかりの寒鰤が市場の床に並ぶセリも壮観だ。

千葉県勝浦の朝市も有名だ。輪島の朝市の千年の歴史には及ばないが、四百余年の伝統を受け継いでいる。豊臣秀吉が小田原攻めを行った天正年間に、勝浦城主が農民と漁民双方の収穫品の交換と産業奨励のために開いたのが始まりだ。現在では、輪島、飛騨の高山とともに日本三大朝市のひとつに数えられている。売っているのは農産物が主体だが、イキのよい魚介類も並ぶ。旅館のどてらを着込み、朝食前に懐手をして行きつ戻りつしながら品定めをするのもまた、小さな楽しみである。

自宅が鎌倉なので、週末に逗子市小坪漁港の魚市場に行くことがある。魚市場とはいっても、「谷亀」という鮮魚店が一軒あるだけなのだが、新鮮な鯵やメバル、鯖、烏賊、カレイ、鮃、鮪、サザエ……などを並べて売っており、ちょっとした魚市場の雰囲気が感じられるのだ。

ちなみに、鎌倉駅東口に丸七商店街というレトロな商店街があり、かつてはここにその名も「丸七」という鮮魚店があった。中年の夫婦と男性店員の三人で営む小さな店だが、とにかく鮮度抜群で、魚種も豊富。腰越の生きているタコや、しめ鯖にできるほどイキのいい鯖、色鮮やかな鰹、そして飛魚、海鼠、ボラ、時にはハッカクなどという珍しい魚も売っていた。残念ながら十年ほど前に閉店してしまったが、魚大好きな我が家にはなくてはならない貴重な存在だった。季語はどてら(冬)。

海のなき栃木で食す河豚料理

　河豚料理といえば冬の味覚だが、年間を通して味わえる温泉地がある。しかも、海がない栃木県である。那珂川町の馬頭温泉郷で肌がつるつるになる露天風呂につかり、いで湯を利用して養殖する温泉虎河豚のフルコースを堪能した。

　栃木県北東部、茨城県との県境にある那珂川町。関東有数の清流で、鮎釣りの名所として知られる那珂川がゆったりと流れている。この、のどかな田園にひっそりと湯煙を上げているのが馬頭温泉郷だ。いわゆる温泉街はなく、旅館や日帰り温泉施設が那珂川沿いに点在している。主な泉質はナトリウム塩化物泉とアルカリ性単純泉で、温泉虎河豚はナトリウム塩化物泉を利用して養殖している。

「那珂川町のナトリウム塩化物泉は、塩分濃度が約一パーセント。これは生理食塩水、つまり生物の体液とほぼ同じなので虎河豚の育成ができるのではと考えたのです」と話すのは、温泉虎河豚生みの親である「夢創造」の野口勝明社長。源泉温度は約四十二度なので、タンクローリーで運んで冷まし、適温の二十度前後に調節しているという。

かつてスイミングスクールだった室内プールで育成し、年間二万五千尾を出荷。町内の飲食店や旅館など十六軒でメニュー化され、町おこしにも一役買っている。プールで悠々と泳ぎ回る虎河豚を見学し、今夜の宿「元湯東家」にチェックインした。

露天風呂に行くと、目の前の那珂川のせせらぎが聞こえ眺望も抜群だ。自家源泉から引いた温泉は無色透明。体を沈めると薄い膜が肌を包み込むかのような、とろりとした感触が心地よい。ややぬるめだが、じわりじわりと温泉の力が伝わってくる。部屋に戻ると、テーブルの上には虎河豚の鍋、刺身、皮、煮こごり、から揚げのフルコースがずらり。ウグイの塩焼きや、山菜料理も並ぶ。手作りのポン酢を付けて河豚刺しからいただく。シコシコとして歯ざわりがいい。噛むほどに甘みが広がる。から揚げや、濃い目の味付けの煮こごりなど地酒がよく進む。最後は雑炊で締め、季節はずれの虎河豚料理を楽しんだ。季語は河豚（冬）。

鮟鱇や仕切りうるさき鍋奉行

民謡の磯節で知られる茨城県大洗。太平洋に面した港町として栄え、冬は名物料理の鮟鱇《あんこう》鍋が旨い。鮟鱇鍋は茨城県沿岸部を代表する冬の味覚だが、中でも大洗は古くから人気が高い。鮟鱇鍋が食べられる飲食店は町内に四十軒近くもある。

訪ねたのは「味処大森」。運ばれてきた土鍋には艶のある身をはじめ肝、胃袋、ぬの（卵巣）、えら、ひれ、皮などのいわゆる鮟鱇の七つ道具が盛られている。下はハクサイ、長ネギ、ダイコン、シイタケなどだが、野菜の姿は見えないほどだ。二代目女将の大森佳子さんが、出汁と特製味噌を加えてコンロに点火する。

「特製味噌は八丁味噌をベースに七種類の味噌をまぜ、ゴボウや生姜、ニンジンなど根菜のみじん切りを加えています」と大森さん。

ほどよく煮えたところで、まずは身と胃袋を食べる。身はプリプリで弾力があり、胃袋はコリコリとした食感。黒い皮も意外と柔らかく、いずれもクセはまったくない。

「鮟鱇は下ごしらえが肝心」と大森さん。吊るし切りしてさばいた後、部位ごとにぬめりをしっかり取り、流水にさらしてさっと湯がいて冷水で締める。こうした手間をかけることで、臭みのない鮟鱇料理となるのである。ひれや軟骨までしゃぶるようにして味わい、さらに肝を酢味噌に練りこんだタレで、湯引きした身や肝を食べる共酢も賞味した。

存分に鮟鱇を堪能して、大洗磯前神社へ。長い石段を降りると、海岸の荒磯に神磯の鳥居が立っている。初日の出スポットの名所であり、波に洗われる鳥居はいかにも神々しい。次に向かったのは、サメの展示飼育数日本一を誇るアクアワールド茨城県大洗水族館。イルカとアシカのショー、水量百三十トンもの大水槽など見どころは多彩だが、興味深いのは「サメの海」と名付けられた水槽だ。シロワニ、レモンザメなど体長二、三メートルのサメが悠然と群れ泳ぐ光景はまさに圧巻。にらみつけるかのような不気味な目と、鋭い歯を見せて近寄ってくる迫力に圧倒されてしまった。季語は鮟鱇（冬）。

鰰や庄内の夜に酌み交わす

藤沢周平の作品が好きだ。一時期は夢中になって読みふけり、今も時折読み返すことがある。その藤沢作品の「海坂もの」で見逃せないのが、庄内平野の旬の素材を生かした食べ物の数々である。ことに『三屋清左衛門残日録』と『凶刃・用心棒日月抄』が双璧で、小料理屋のおかみ「みさ」と女忍者の「佐知」という、実に印象的な女性が登場する。

まずは、『三屋清左衛門残日録』。家督をゆずって隠居の身となった元用人の三屋清左衛門が、世間との隔絶と老いという強い寂寥感の中で、藩政をめぐるもめごとや陰謀をみごとに解決する長編小説だ。庄内のさまざまな料理を出してくれるのは、城下の南、花房町にある小料理屋「涌井」のおかみ「みさ」。

年齢三十前後の彼女は《険がある眼と頰骨が出ている顔のために美人とは言えないが、いわゆる男好きのする女だった》。そして、料理がうまい上に《ひかえめでしかもこまかく気のつく女なので、清左衛門はすっかりこの店が気にいっていた》。さらに《「涌井」では黙って坐っていればうまい肴でほどよく酔わせて帰すようなところがあった》というのだから、まさに男性ファンにはたまらない世界ではないか。

「涌井」で清左衛門とその仲間が酒の肴とするのは、蟹の味噌汁、赤蕪の漬物、クチボソと呼ばれるマガレイの焼いたもの、そして茗荷の梅酢漬けに鰰《はたはた》の湯上げ、小鯛の塩焼き、筍の味噌汁に山ごぼうの味噌漬け……など。いずれも、現在の山形県鶴岡で食されているものであり、鶴岡出身の藤沢周平がいかに故郷の食べ物への愛着が強かったかがうかがえる。ちなみに、『三屋清左衛門残日録』には鱈汁の名前も出てくるが、まだその時期ではなかったようで、《「つぎはみぞれが降るような寒い日に来て、熱い鱈汁で一杯やるか」》と描かれている。これは地元では「どんがら汁」と呼ぶ冬の郷土料理を代表するものだ。

もうひとつの作品は、『凶刃・用心棒日月抄』。主人公の青江又八郎は「北国の小藩」で百石をいただく馬廻り組の青年剣士だったが、藩主毒殺の陰謀に巻き込まれて脱藩、江戸で用心棒稼業をしながら陰謀の謎を解いていくというストーリー。口入れ業「相模屋」のおやじ吉蔵、用心棒仲間の細谷源太夫や市井の人々との人情あふれるやりとり、そして藩の秘密警察ともいえる嗅足《かぎあし》組の女頭領・佐知と又八郎の秘めた恋……など、それまで暗い情念に満ちていた藤沢作品からの脱却を示すような作品である。

舞台が江戸だけに、国元を偲ぶ懐かしい料理が登場する。十六年ぶりに佐知と再会した又八郎が、秘密の隠れ家で彼女とともに夜食を食べるシーンでは醤油の実が出てくる。《醤油の実は、醤油のしぼり滓に糀と塩を加え直して発酵させ熟成したもので、素性は貧しい喰べ物である。しかしその独特の風味には捨てがたいところがあって、近ごろははじめから醤油の実そのものを作る糀屋も城下に現われ、この貧しくて美味な副食は、上下を問わず城下の家々で愛用されていた》

国元からやってきた佐知の部下が持参したもので、又八郎は久々に故郷の味を堪能したのであった。時には切り合いで人を殺める忍者だが、普段はつつましい平凡な武家の女に見える佐知。《私を、青江様の江戸の妻にしてくださいまし》と言った佐知との、真情あふれる心のふれあいが、端正で細やかな筆致で描かれている。

某雑誌が藤沢周平の特集をするので、鶴岡へ取材に行って欲しいという依頼があった。

ライター仲間のW氏とカメラマンのT氏と一緒に、早速鶴岡へ向かった。料理の取材は、市内の料亭「いな舟」に協力していただいた。そこで食べた料理のいくつかを紹介しよう。

新鮮な鰰の頭と尻尾の部分を取り除き、熱湯で茹で上げたのが「鰰の湯上げ」。大根おろしを添えた醤油で食べるシンプルな料理で、さっぱりとした味わいでいくらでも食べられる。身はもちろんだが白子が格別に旨い。「赤蕪の漬物」は、温海地方の特産として知られる温海蕪を甘酢漬けにしたもの。清左衛門の友人の町奉行、佐伯熊太の好物で「この赤蕪がうまいな」と言いながら、清左衛門のものまで食べてしまう。歯ごたえ抜群の漬物である。「蟹の味噌汁」は、メガニと田舎味噌と三つ葉だけのシンプルな味噌汁。庄内地方では、ズワイガニの雌のセイコガニをメガニと呼ぶ。清左衛門は「茹でますか」とおかみに聞かれ、「味噌汁の方が野趣があっていい」と語っている。「醤油の実」は、醤油のしぼり滓に糀と塩を加えて発酵させ熟成したもの。かつては各家庭で作っていたが、さすがに現在ではほとんど作ることはなく、店で買うようになったという。もろみとは異なり、もっと生醤油に近い味わいである。

「民田なすの漬物」も旨い。藤沢周平の生地・高坂の隣りの集落、民田地区特産のなすで、丸くて小さく皮がしっかりしているのが特徴だ。季語は鰰（冬）。

■コサブロウが選ぶ芭蕉と蕪村の名句

京に飽きてこの木枯や冬住ひ
松尾芭蕉

寒梅や奈良の墨屋があるじ顔
与謝蕪村

いで湯と名旅館を詠む

朝食は二十九品の小鉢と味噌汁、
ご飯の合計三十一品が整然と並ぶ短歌膳である。

冬の夜の妖し楽しき温泉街

　昭和五十年代の十二月上旬、長野県の浅間温泉に行ったときのことである。宿も決めていなかった。夕暮れの松本駅からタクシーに乗り、とりあえず安い宿をさがしてもらって遅い夕食にありついた。燗酒を二本ほど飲み、さあ、どうするか。

「ちょっと出かけてきます」と言って凍てつく温泉街をぶらつき、一軒の小さなストリップ小屋を見つけた。窓口で入場料を払って中に入ると、客は誰もいない。「すみませんね、もう少しお客さんがきたら始めますから」と、窓口のおじさんが申し訳なさそうに言いにきた。十数人も座ればいっぱいの狭い館内に、だるまストーブだけががんがんと燃えている。と、いきなり聞こえてきた音楽は、なんと「百万人の英語」の、あのイントロ曲ではないか。続いて、J・B・ハリス氏の懐かしい声が流れる……。館内放送にラジオをつなげていたのだ。ちょっと待てよ、ここはストリップ小屋だろう！　と一瞬、困惑したものの、まあ、これも一興と思い直した。やがて曲が変わって始まったショーのことは、あえて書かない。観客が三人だけでは、中年ダンサーの気が入らないのも無理もない話だ。

冬の宮城県鳴子温泉では、こんなことがあった。同行のカメラマンと二人、中年の仲居さんをまじえて飲み、大いに盛り上がった。宴も果て、先に眠るというカメラマンを部屋に置いて一人、温泉街の外湯に入っていると「お客さ〜ん」と大きな声で呼びかけられた。その声は、さっきまで一緒に飲んでいた仲居さんだ。そういえば、宴会の最中にどこかで飲みなおそうと約束をしていた。冗談半分で忘れていたが、彼女は覚えていて迎えにきたのである。外は数メートルもの雪。温泉街を歩きながら適当な店をさがし始めたが、こちらは素足に下駄だから冷えてしょうがない。すると彼女が、「私の靴下履きなさいよ。私はもう一枚履いてるから大丈夫」と言って厚手の靴下を脱いで渡してくれた。見ると、穴が数カ所あいているのだが、その靴下のなんと暖かかったことか。一本の傘に身を寄せて破れ靴下に下駄を履いて歩いたひとときは、今も忘れられない。季語は冬の夜（冬）。

初戎たわし買いたる京の町

　某年の年明け早々、カミさんと京都一泊旅行に行ってきた。カミさんの知人の陶芸作家夫妻、照明家夫妻の六人。目的は祇園の神社で行われる十日戎（初戎）。参拝と、食べ歩きである。十日戎は初めての体験だったが、あふれんばかりの人の波は、まさに関西での戎信仰の人気の高さを証明していた。もっとも、私の住む鎌倉鶴岡八幡宮の初詣の混雑に比べるとたいしたことはないが……。

　昼は和食の名店「露庵菊乃井」。夜はミシュランで星をとったこれまた懐石の名店「桜田」。連続しての高級懐石はちょっとしんどかったが、久々の京料理を存分に堪能した。

京都散策の合間に、三条大橋西詰にある「内藤商店」でたわしを買った。創業は江戸時代。シュロやワラなどでホウキやたわしなどの清掃用具を販売している店だ。そこらのスーパーで売っているたわしに比べ、肌触りもよく優しい風合いが気に入った。

京都といえば、老舗中の老舗の旅館である、「柊家」を取材したことがある。麩屋町通りにあり、創業は江戸時代後期の文政元（一八一八）年。歴史と伝統を誇る名宿だけに、川端康成、林芙美子、チャールズ・チャップリン、三島由紀夫……など数多くの著名人に愛されてきた。ことに川端康成は定宿としてしばしば滞在し、《京のしぐれのころ、また梅雨どきにも、柊家に座って雨を見たり聞いたりしてゐると、なつかしい日本の静けさがある。（略）柊家ほど思ひ出の多い宿はない。》と書いているほどだ。

木造二階建て数寄屋造りの本館（二十一室）と、平成十八（二〇〇六）年に完成した三階建ての新館（七室）が、古都の街並みの中にひっそりと溶け込んでいる。

タクシーを降りて外玄関の格子戸の前に立つと、「おいでやす」の番頭さんの声とともにすっと開かれた。まるで、待ち構えていたような絶妙のタイミングだ。偶然かもしれないが、おおよその到着時刻を知らせていたので、番頭さんが待ち受けてくれていたのだろう。こうした心遣いが、名宿と称賛される所以かもしれない。

中に入ると、内玄関の正面には明治の漢学者・重野成齋の「来者如帰」という扁額がかかっている。「これは、お客様がご自分の家に帰ってこられたようにお迎えするという、柊家のおもてなしの心を表したものなのですよ」と語るのは六代目の女将、西村明美さん。この日案内されたのは、川端夫妻が利用した十四番の客室。「柊家」では昔から客室に名前はなく、すべて番号のみ。

まずは、部屋ごとにつく仲居さんが用意してくれたお抹茶と和菓子で一服。趣のある数寄屋造りの客室からは、石灯篭と庭石を配した小さな日本庭園が眺められる。大きなゆがみ硝子に、心がなごむ。河原町や新京極といった繁華街にも徒歩五分という便利な街中にありながら、静けさと落ち着きに満ちた空間だ。街の喧騒が消え失せ、静謐な時が流れる空間と我が家で寛いでいるかのような雰囲気につつまれる。

夕食は、懐石料理のコースが一品ずつ客室に運ばれてくる。器は大半が京焼きと輪島塗で、お盆やビールグラスをはじめ、夜具や湯飲みなどにも柊の文様が描かれている。旬の素材をふんだんに盛り込んだ料理は、どれも板前さんの技が伝わるおいしさだが、何より運ばれてくる間合いの良さが素晴らしい。外玄関をさっと開けてくれた番頭さんといい、細やかな配膳に気を配る仲居さんといい、さりげないもてなしが実に心地よい。

この「柊家」にはかつて、前述の著名人の接客をした田口八重さんという超ベテランの仲居さんがいた。「私の母が嫁入りする前から働いていましてね。八重はいつも、『お客様のお気持ちを察することが大切』と言っておりました」と西村さん。

風呂桶や湯豆腐の桶は木工芸家で人間国宝の中川清司氏の作品であり、客室の床の間に伊藤若冲の見事な色彩の掛け軸が飾られていたりと、館内随所に貴重な作品が使われている。そうした優れた品々が持つ凄みとあいまって、ここで働く人々の「お客様を大事な身内と思う」という家族的もてなしの心持ちこそが、この宿の伝統であり、歴史なのである。

季語は初戎（新年）。

信濃路の里でいただく蓬餅

　某雑誌の俳句紀行企画で、俳人の黒田杏子さんと写真家の宮嶋康彦さんと一緒に信州高山村を旅したことがある。善光寺平の東側に広がる信州高山村は、樹齢二百年を超えるしだれ桜が村内各所に咲き誇り、松川渓谷沿いに多くの温泉が湧く〝桜といで湯の里〟である。俳句紀行のテーマは桜。俳句で花といえば、すなわち桜のことを意味するほどに昔から数多くの名句が詠まれてきた。その数は膨大なものになるだろう。日本人の暮らしと文化に密接に関わってきた桜だけに、いざ、俳句にするとなると実に難しいのである。

　メンバーは黒田さん、宮嶋さん、私、編集部からはこの企画担当の櫻井昌子さんと長崎仁一さん。櫻井さんは俳句一年生、長崎さんは俳句歴六年。そして現地参加が、今夜の宿「風景館」の六代目の女将、関谷庸子さんである。

六人でまず向かったのは、なかひら地区にある中塩のしだれ桜。高山村に咲くしだれ桜の数はおよそ二十本。その半数は樹齢二百年を超す老樹だが、小さな阿弥陀堂の脇にそびえる中塩のしだれ桜も樹齢二百余年、樹高約十メートルの堂々たる姿である。背後には白梅の林が広がり、可憐な花びらが今が盛りと芳香を放っている。信州では梅と桜が同時に花開くのである。しかし肝心の桜のほうは、次に訪ねた坪井のしだれ桜とともに三分咲きといったところか。「ちょっと早かったですかね」と残念がっていると、「桜には蕾の美、装う前の美しさというのもあるんですよ」と黒田さん。さすがに桜に対する心構えが違う。

三郷地区坪井にある坪井のしだれ桜は村でもっとも樹齢が古く、五百年から六百年という。樹高約十メートル、幹周囲約八メートル、根元の直径約四メートルもの巨樹である。樹下には苔むした墓碑群が風化した姿を見せ、太い主根の一部は割れて空洞化している。「主根は割れていても、不定根によってこの桜は生き続けているんですね」と、宮嶋さん。

黒田さんはその傍らに座り込んで句作を始め、老樹の声を聞くかのようにごつごつした根元に顔を寄せる。「いい写真になっていますね」とつぶやきながら、矢継ぎ早にシャッターを切る宮嶋さん。冷気を帯びた高原の風が、さっと吹き抜けていった。

一行は坪井のしだれ桜に引き続いて、りんご畑の中に咲く横道のしだれ桜（樹齢約三百年）、一面のオオイヌノフグリの群落に咲く水中のしだれ桜（同二百五十年）、そして水田地帯に忽然と姿を現す黒部のエドヒガン桜（同五百年）や、比較的新しい和美の桜（同七十年）などを見て回った。どれも堂々たる枝ぶりであり、しかもあでやかさの中にそれぞれ異なる個性を強く主張している。咲いているロケーションの違いもあるだろうが、花の精の違いとでもいうのか、実に個性豊かなしだれ桜の姿がひとつの村内で楽しめるのだ。

そうした桜巡りの途中で突然、「カタクリの花がありますよ」と黒田さんが声を上げた。見ると、道端の狭い一角に可憐な薄紫色の花がひっそりと肩を寄せている。それだけではない。ショウジョウバカマも雪割草も咲いている。桜巡りは、信州ならではの山野草巡りの旅にもなった。

「みなさーん、こっちこっち」と、今度は関谷さんの呼びかけで行ってみると、地元農家の主婦たちが山菜を売る露店を出していた。球の直径が一センチ近くもある立派なノビルや葉ワサビ、辛味大根、赤蕪などが並び、値段もびっくりするほど安い。

小皿に盛った大根や赤蕪の漬物とともに、「みなさん、お茶をどうぞ」と差し出されたのは桜茶。花冷えの山里でいただく桜茶の、なんと旨いことか。

村人の素朴な接待を受けていると、ぽつりぽつりと小雨が落ちてきた。空模様が少しくずれてきたところで、関谷さんが懇意にしているお寺でひと休み。四月中旬とはいえ、まだ肌寒い信州だけに居間の炬燵がありがたい。まさに春炬燵だ。突然の訪問にもかかわらず、ご住職の奥様が草餅をふるまってくれた。聞けば、昨日摘んだばかりの蓬《よもぎ》で作ったという。「草餅なんて上等なものではないですよ。草だんごです」とおっしゃるが、手作りならではの心温まる一品であった。　この日は「風景館」に戻り、地元の食材をふんだんに使った夕食を楽しみ、吟行句会の始まりだ。宗匠が黒田さんだけに、みなに緊張が走る。

左記は、当日の句会で黒田さんに点をいただいた私の句である。

はるばるとしだれ桜の里の雨
軽やかに桜の里の女将かな

翌日は高山村役場近くの資料館「一茶ゆかりの里」を見学し、善光寺に向かった。高山村は江戸中期の俳人小林一茶が晩年に頻繁に訪れ、村の有力者久保田家の離れに逗留して門人たちに指導した土地なのである。「一茶ゆかりの里」には、その茅葺きの離れの建物が移築されているほか、短冊など一茶の貴重な遺墨が展示されている。季語は蓬餅（春）。

修善寺や春爛漫の頃にまた

湯量豊富な温泉が湧き、温暖な気候に恵まれた伊豆半島には古くから多くの文人が訪れ、お気に入りの旅館を定宿とした。そのひとつが、修善寺温泉の新井旅館。芥川龍之介、泉鏡花など名だたる文豪が滞在した老舗の宿を訪ねた。

温泉街の中央には、岡本綺堂の戯曲『修禅寺物語』で知られる古刹・修禅寺や開湯の歴史を伝える独鈷の湯などがあり、しっとりとした温泉情緒を漂わせている。独鈷の湯のほど近く、桂川に面して立つ新井旅館の創業は明治五（一八七二）年。今では珍しくなった木造三階建てのクラシックな宿である。明治三十二（一八九九）年建造の渡りの橋（渡り廊下）や大正八（一九一九）年建造の「月の棟」など十五の建物が国の有形文化財に登録され、文化財の宿としても有名だ。芥川龍之介が、その「月の棟」の客室に滞在したのは大正十四（一九二五）年四月十日から約一カ月。神経衰弱と持病の胃弱による心身の疲労を癒すための湯治だった。新井旅館は師と仰いだ泉鏡花をはじめ、久米正雄や里見弴などの作家仲間もよく利用していることから対応を心得ており、大いに気に入ったようだ。

妻や知人へ宛てた書簡には、《（仲居は）用だけさっさとすまして無駄話や何かはしない》《ここのお湯は水族館みたいだ。これだけでも一見の価値あり》などと書いている。

「水族館みたいと書かれたのは当時の家族風呂のことですね。浴槽のガラス窓を通して池の鯉を見ることができたのです。現在はその家族風呂はありませんが、天平風呂は今も鯉を観賞できます」と話すのは、宿の学芸員の相原葉子さん。

渡りの橋とともに宿のシンボルとなっている天平風呂は、天平時代の建築様式を模した大浴場。檜をふんだんに用い、巨石を巧みに配した豪壮にして雅な建築だ。

桂川をはさんで、新井旅館の向かい側には人気スポットの竹林の小径がある。周辺には、この地に幽閉されて悲惨な最期を遂げた源範頼や源頼家の墓、そして北条政子が頼家の菩提所として建立した指月殿などもあり、歩いて見て回ることができる。季語は春（春）。

心地よき素足で歩く北の宿

北海道屈指の温泉郷として、古くから親しまれてきた登別温泉で注目されているのが「滝乃家」である。大正七（一九一八）年創業の老舗だが、平成二十（二〇〇八）年に全面リニューアル。飾り障子など創業当時の古い部材を巧みに館内に多用し、洗練された「和モダン」の風情を演出している。「リニューアル前は六十室だったのですが、思いきって三十室にしました。宿の名前に『家』があるように、『お客様が普段どおりにくつろげる安らぎの家』が、先代から変わらない宿のコンセプトです。その思いを、これまで以上に感じていただけるよう工夫しました」と語るのは三代目の女将、須賀紀子さん。

玄関にスリッパはなく、館内はすべて素足か用意された足袋で歩く。しかし、廊下はフローリングと畳敷きなので、却って木や畳の感触が心地よい。

「家にいるようなくつろぎ」を、もっとも強く感じられるのは食事時である。「滝乃家」では三十室の客室のうち、十八室のお客は専用の個室食事処を利用するが、残り十二の客室には専用ダイニングが設けられている。そして、このダイニングに食事を運ぶ仲居さんは、客室の出入り口とは別の入り口から出入りするよう設計されているのだ。旅館の食事で「部屋出し」といえば客室で食事することだが、その際に仲居さんは当然、お客が出入りする入り口を利用することになる。つまり、お客がくつろいでいる部屋に顔を出すことになるわけだが、「滝乃家」の仲居さんはダイニング専用の出入り口からしかやってこない。つまり、部屋でくつろいでいる様子を見られることなく、食事を楽しめる、という趣向だ。

和と洋の上手な組み合わせは、食事にも生かされている。料亭旅館の伝統を持つ「滝乃家」の夕食は会席料理だが、中に一品、洋皿が入る。この日は「十勝産池田牛のロースト　シェリー酒ビネガーソース」。作るのは洋皿専門のフレンチのシェフだけに、絶妙なソースの味わいはさすがだ。自慢の温泉は硫黄泉、食塩泉、ラジウム泉、鉄泉の四種類。ひとつの宿で異なる泉質の温泉が楽しめるのも「滝乃家」ならではの贅沢だ。季語は素足（夏）。

冬の朝美肌の宿の短歌膳

夕食はどこの宿もこだわるが、長野県阿智村にある昼神温泉の「石苔亭いしだ」は朝食も創意工夫をこらしたメニューで評判だ。阿智村といえば星空の美しさで有名な山里。おいしい朝食と星空を楽しみに出かけた。

玄関口となるのはＪＲ飯田線の飯田駅。愛知県の豊橋駅から北上し、約二時間半で飯田駅に到着。宿の送迎車で昼神温泉へ向かった。阿智川沿いに旅館が立ち並ぶ昼神温泉の泉質は強アルカリ性。肌を滑らかにすることから美肌の湯として知られている。堂々たる門構えの「石苔亭いしだ」は、およそ千坪の敷地に客室はわずか十九室。ロビーの奥に能舞台をしつらえた日本情緒あふれる宿である。まずは美肌の湯で体を温めようと、露天風呂へ。ところどころ苔の生えた巨石にぐるりと囲まれ、野趣満点だ。温泉は無色透明で実にやわらかく、全身がとろりと湯の膜につつまれる感じが心地よい。

夕食は、会席料理。お造りには鮃やボタン海老のほかに名物の馬刺しも添えられ、焼き物は信州黒毛和牛ステーキ。どの料理も食材を生かした丁寧な仕事ぶりが感じられ、明日の朝食への期待が高まる。夕食後、美しいと評判の星空を見ようと外に出てみたが、残念ながらこの夜は曇天で雪がちらつく悪天候。あきらめて、ロビー奥の紫宸殿と名づけられた能舞台で開催している「紫宸殿の宴」を観覧した。これは二胡、箏、和太鼓などの伝統芸能演者を迎えて毎夜八時半から上演しているイベント。この日は箏と三味線の演奏。古い邦楽が奏でられると思ったら、なんと昭和歌謡の名曲「星影の小径」であった。

翌朝は、ユニークな朝食が待っていた。二十九品の小鉢と味噌汁、ご飯の合計三十一品が整然と並ぶ短歌膳である。直径六センチほどの白磁の小皿に盛られているのは蕗味噌、子持ち和布、がんもどき、キャベツ茶巾、水菜のおひたし、鰆西京焼き、揚げ出し豆腐、豚角煮、じゃこの山椒煮、鮪の山かけ、蒸し雲丹……などなど。あまりの鮮やかさに圧倒されてしまい、しばし見とれてしまった。季語は冬の朝（冬）。

神鹿の声遠のくや奈良ホテル

あをによし奈良の都は咲く花のにほふが如くいまさかりなり――。日本で初めての本格的な都が築かれた奈良。華やかにして国際色豊かな平城京を、「まるで咲いている花が美しく照り映えているようだ……」と、賛美した万葉の歌である。その都に、しばしタイムスリップできるのが平城宮跡。閑静な住宅地の一角に、平城宮の遺構が広がっている。平城宮は平城京の中心部であり、天皇の住まいや宮殿などがあった。その広さは約一平方キロで、現在では復元された大極殿や朱雀門、東院庭園、資料館などが点在している。見た目は赤茶けた地面が茫洋と広がる中に、大極殿と朱雀門が両端にぽつんと立っているだけだが、周囲に巡らされていた築地回廊の復元など整備事業は今後も続くという。遺構の中でひときわ目を引く大極殿は、天皇の即位などが行われた平城宮の最重要施設。九年の歳月をかけ、平城遷都千三百年の平成二十二（二〇一〇）年に復元された。間口四十四メートル、奥行き二十メートル、高さは二十七メートルもあり平城宮で最大の建物だ。

中に入ると、立派な玉座が置かれていた。これは天皇が国家儀式の際に着座するもので高御座《たかみくら》という。当時の高御座の構造や意匠に関する記録はなかったため、大正天皇の即位の際に造られた高御座を基本に、各種の文献資料などを参照して製作したという。実物大のイメージ模型だが、華やかな天平期を偲ぶことができるだろう。

大極殿に向かい合いようにして立つのが朱雀門。平城宮の正門で、間口二十五メートル、奥行き十メートル、高さは二十二メートル。大極殿近くにある平城宮跡資料館もぜひ見学したい。奈良文化財研究所の約五十年にわたる調査をもとに、平城宮をわかりやすく紹介する施設で、ボランティアガイドが案内してくれる。

宮殿復元展示コーナーでは、天皇や皇族が暮らしていた宮殿の様子を四つの部屋ごとに再現。使っていた机や寝台、食事の様子などが実物大模型で忠実に再現され、実に興味深い。出土遺物も、一部はレプリカだがほとんどが実物である。墨跡鮮やかな木簡にも驚かされる。通行手形や荷札、飼い犬の餌として米を支給していた証文など、天平の人々の暮らしがまざまざとよみがえる。

奈良観光の入り口となっているのが、奈良公園である。近鉄奈良駅から歩いて五分ほどのここは、東大寺、興福寺、春日大社という三つの世界遺産の境内と一体化した広大な歴史公園だ。面積は約六百六十ヘクタール、緑豊かな敷地内には約千二百頭もの鹿が群れ遊んでいる。どこを歩いていても鹿の姿があり、人間をまったく恐れない。鹿は春日大社の神の使いであり、国の天然記念物として古くから大切にされてきた存在なのだ。しかも食べ物が欲しくて、無造作に寄ってくる。

古の都を訪ねる旅では、宿泊の舞台もまた歴史を刻んできた老舗に泊まりたい。「西の迎賓館」とも呼ばれる奈良ホテルである。創業は明治四十二（一九〇九）年、百余年にわたり国内外の著名人を迎えてきた名門ホテルだ。

建物は木造二階建て瓦葺き建築の創業以来の本館と、昭和五十九（一九八四）年に営業を開始した鉄筋コンクリート造り四階建ての新館がある。本館を設計したのは、東京駅や日本銀行本店などを手がけた建築家の辰野金吾。真紅のカーペットが敷き詰められた館内は、折上げ格天井や春日大社の灯篭を模したクラシックなシャンデリアなど、和洋折衷の美しいたたずまいに満ちている。二階へと上がる階段の手すりはみごとに黒光りして、まさに歳月の艶を帯びているかのようだ。ロビーの一角に、年季の入ったアップライトピアノが置かれていた。聞けば、かのアルベルト・アインシュタイン博士が宿泊した際に楽しんで弾いたピアノだという。夕食は、本館一階のメインダイニングルーム「三笠」か、新館五階の日本料理「花菊」でいただく。このときは「三笠」で、ビーフシチュー奈良ホテル風のディナーコースを注文した。使うのは、鹿児島産黒毛和牛のバラ肉。甘さ控えめで柔らかくてコクがあり、上質にして繊細な牛肉の旨味が口中にあふれる。

夕食の後は、世界の銘酒がずらりと揃う本館一階の「ザ・バー」へ。奈良のにごり酒、桃、桜リキュールを使った万葉美人などオリジナルカクテルに定評がある。おすすめは、奈良の地酒の蔵出し濁り酒にパイナップルジュースとホワイトラムをアレンジした「ジャパニーズ・ピニャコラーダ」。和と洋が調和した、なんともさわやかな口当たりだ。考案したのは、広報担当の宮﨑剛志さん。少し前まで「ザ・バー」の支配人であり、カクテル・コンペティションの世界大会で三位の座を射止めた名バーテンダーである。

かつて、マーロン・ブランドやオードリー・ヘプバーンなど数多くの著名人がグラスを傾けてくつろいだであろうカウンターで、古都の夜を堪能した。季語は神鹿（秋）。

■コサブロウが選ぶ芭蕉と蕪村の名句

雪の朝独り干鮭を噛み得タリ　松尾芭蕉

朝顔や一輪深き淵のいろ　与謝蕪村

産地を詠む

生ウニ丼は黄金色の生ムラサキウニが、
これでもかとばかりにてんこ盛りされている。

雲丹漁の磯舟浮かぶ利尻島

ウニ（雲丹）漁の取材で、北海道利尻島を訪ねた。利尻空港で出迎えてくれた鴛泊の旅館「雪国」の主人で、ウニ漁師でもある武藤朝三さんにまず尋ねたのは、「明朝のウニ漁は大丈夫ですか？」。というのも、利尻島のウニ漁は天候、特に風が強いと中止されると事前に聞いていたからだ。「昨日はよかったんですが、明日は微妙ですね」という武藤さんの予想通り、翌朝は強風のために中止となり、ウニ漁を取材することができたのは利尻島入りして三日目だった。利尻島には鴛泊をはじめ仙法志、鬼脇など四つの漁港があり、鴛泊地区のウニ漁師は二百人ほど。鴛泊のウニの漁場は、港を見守るようにそびえる高さ九十三メートルのペシ岬をはさんで北側と南側に分かれている。

武藤さんの漁場は風のおだやかな南側にあり、しかも「雪国」から車でわずか数分という好立地だ。強風でウニ漁が中止になっても、南側はないでいることが多いそうだが、「同じ鴛泊地区ですから、ここだけ風が弱いからといっても漁はできません」と、武藤さん。ウニ漁は沖合に出ることもあるが、岸壁近くの浅瀬でやることが多く、海藻と砂地の間の境目あたりが獲りやすいという。「漁の仕方は、長さ七、八メートルの柄のついたたも網を使います。これで海底のウニを叩き、起き上がったところをすかさずすくうのです」

さて三日目の早朝、午前五時。薄靄のかかった海には、磯船と呼ばれるひとり乗りの船外機付き小舟が数十隻浮かんでいた。ライフジャケットを身に着けた漁師たちは、互いに談笑してくつろいでいる。やがて五時半。漁の開始を告げるアナウンスがスピーカーから流れると、それまでののんびりした雰囲気は一変した。漁師たちは海中を覗き込む箱眼鏡（ガラス箱）を口にくわえ、たも網を海中に入れウニ漁が始まった。武藤さんと父親の一三さんも出漁しているはずだが、遠目ではよくわからない。ウニ漁は七時までなので、勝負は一時間半。時間を惜しむかのように片足で櫂を巧みに操り、小舟の位置を移動させている。たも網でウニをすくい獲っては小舟に上げ、再び箱眼鏡をくわえ、たも網で海底を探る連続だ。

午前七時四十分、ウニ漁から武藤さん親子が船着き場に戻ってきた。笑顔がこぼれているところを見ると大漁なのだろう。船べりに積まれたムラサキウニをスコップでプラスチックコンテナに移し、車に運んでいく。「これから宿の隣の作業場で殻剥きしますよ」と、一三さん。利尻島では、捕獲したウニはそれぞれの漁師の家の作業場で殻から身を取り出し、海洋深層水につけて地区ごとにある漁協の集荷場に持っていくという。やがて、武藤家の作業場で殻剥きが始まった。一三さんご夫婦と、手伝いの漁師が二人。一三さんが出刃包丁でウニの殻を二つに割り、残りの三人が素早くていねいに身を取り出す。

「ちょっと食べてみますか」と、二つに割ったばかりのウニを渡された。余分な内臓や餌の昆布などの海藻のカスが詰まっている中から、注意しながらヘラで身をすくう。黄金色に輝く艶々とした生のムラサキウニだ。口に入れると、最初に海水のしょっぱい味がして、次にふわっととろけて生ウニの風味が広がる。ほのかな甘さ。コクがある。苦味などまったくない。都会で食べる生ウニ、いわゆる「箱ウニ」と称されるものは保存用にミョウバンという添加物を使うが、どうしても苦味や臭みが出て妙にしつこくなる。だが、これは違う。なんともいえないとろりとした感触とさわやかな後味が広がり、しつこくないのでいくらでも食べられそうだ。

「利尻のウニは利尻昆布を餌にしているから旨いんだよ」と一三さん。雑食性であるウニは、食べる餌によって大きくその味が変わる。肉厚で味がよく、透明感のある抜群のダシがとれる利尻昆布は、北海道産のなかでも最高峰とされている。その利尻昆布の本場で育っているのだから、確かに旨いはずである。

北の孤島で行われるウニ漁の様子はわかった。旨さの秘密も理解した。獲りたてのムラサキウニも、ほんの少しながら堪能した。後は、そのムラサキウニをどーんと盛り付けた生ウニ丼だ。というわけで訪ねたのが、鴛泊港フェリーターミナル前にある「さとう食堂」。ごくフツーの食堂だが、出てきた生ウニ丼にびっくり。黄金色の生ムラサキウニが、これでもかとばかりにてんこ盛りされているではないか。一瞬たじろいでしまうほどの量だ。わさびも添えられているが、醤油もつけずにまずはひと口。がーん！ 声も出ないおいしさに、はふはふとかっ込むばかり。シンプルにして豊饒な旨味が、奥深いウニの滋味が広がっていく。聞けばやはり、昨日の朝に水揚げされたものだという。「今日はムラサキウニですが、七、八月ならムラサキウニとバフンウニのハーフもありますよ。のせる量は仕入れ値にもよりますが、多いときは二百グラムくらいかな」。さりげなく言うが、これが都会だったら……。生ウニ丼は利尻で食すべきである。季語は雲丹（春）。

吊るされし塩引き鮭の面構え

日本海に面した新潟県村上市は、鮭の町として有名だ。毎年十月下旬から十二月上旬にかけて、市内を流れる三面川では三艘の川船による居操網《いぐりあみ》漁や一括採捕と呼ばれるウライ漁などの伝統的な鮭漁が行われる。

ウライ漁とは、川幅いっぱいに「ウライ」と呼ばれる柵を設けて遡上してきた鮭の行く手を阻み、二カ所だけ開いている落し柵と呼ばれる鉄柵に追い込んで捕らえる漁法だ。一日数回行われ、多い時は千尾近く採捕することもある。

午前八時、三面川鮭産漁協共同組合第3ふ化場に向かうと同組合の理事、平田茂伸さんが迎えてくれた。見学者も百人ほどが集まっている。

「そろそろ始まりますよ」の声で川に向かうと、体長六十センチメートル前後の鮭が次々と捕獲されている。鮭は木の棒で頭を叩いて瞬時に気絶させ、三十分以内に採卵、受精させ、人工ふ化増殖を行う。

小さな採卵刀で次から次へと腹を裂き、ハラコを集めていく。ハラコとは、いわゆる生のイクラのこと。鮮やかなオレンジ色が実に美しい。やがて雄の鮭から精子を絞って受精させるのだが、何とも手際がいい。

ちなみにふ化場には直売所も併設されており、ハラコは五百グラム二千円から三千円で買うことができる。ハラコを出した鮭は一本三百円。地元の人たちは、これで自家製の塩引き鮭を作るのだ。

「組合では毎年一千万粒以上を採卵して、春には五から七センチメートルに成長した稚魚約八百万尾を放流しています」と平田さん。

放流した稚魚は三面川から日本海へと出て成長を続け、四年後に産卵のために再び三面川に帰ってくるのだが、この鮭の回帰性を発見したのが村上藩士の青砥武平治である。

村上の鮭はすでに平安時代から特産品で、京の都に租税として納められていたという記録も残っている。江戸時代に入っても村上藩の貴重な財源だったが、武平治はさらに鮭漁を盛んにした。彼は鋭い観察眼で「鮒や鯉は川で育ち、その川で生涯を終えるが、海に出て行った鮭の稚魚は何年かして大きくなったら生まれた川に戻ってくるのではないか」という鮭の回帰性に気づいたのである。

武平治は帰ってきた鮭が安全に産卵できるように川の本流のほかに穏やかな分流（種川）を作ることを提案し、村上藩は三十年以上に及ぶ河川工事を行い「種川」を完成させた。やがて明治時代になると人工ふ化場ができ、現在に至っているのだ。

こうした歴史を持つ村上の鮭はさまざまな料理法があるが、代表的なのが塩引き鮭と鮭の酒びたしだ。内臓などを取り出して一週間ほど塩漬けにし、塩出ししてから軒下に吊るして熟成させるのが塩引き鮭。冬の寒さだけでなく、春の温かさや梅雨の湿り気などを通して一年かけてじっくりと作られるのが鮭の酒びたし。

鮭の加工品の老舗である「千年鮭きっかわ」と、同社が営む鮭料理の「千年鮭井筒屋」を訪ねた。千尾近くもの鮭の酒びたしが吊るされている光景は、まさに圧巻。その、目を剥いた迫力ある面構えが印象的だ。

町屋造りの「千年鮭井筒屋」のレトロな建物も興味深い。かつて旅籠であった建物は、江戸時代中期の俳人・松尾芭蕉とその弟子の曾良が「奥の細道」の道中で二泊した宿としても知られ、国の有形文化財にも指定されているのだ。

鮭料理は、七品、十品、十三品、十八品、二十一品の五種類があり、どうせだからと二十一品を注文した。鮭の酒びたし、鮭手まり寿司、酒びたしの皮おどり焼き、鮭の焼漬、はらこの味噌漬、鮭のかぶと煮、鮭の生ハム、鮭の白子煮、鮭昆布巻、鮭の飯寿司、鮭の中骨煮、塩引き鮭、鮭のどんびこ（心臓）、鮭の胃袋、鮭の白子、鮭のきも（肝臓）、鮭のめふん、はらこの醤油漬、鮭のひれせんべい、鮭の皮せんべい……などがずらりと並んで実に壮観だ。鮭の町・村上ならではの極上の味と迫力を十分に堪能した。季語は塩引（冬）。

床上げの一椀重き蜆汁

青森県の十三湖とともに日本有数の蜆の産地であり、また夕陽の美しさに定評がある島根県松江市の宍道湖《しんじこ》。明治時代半ばには、小泉八雲（ラフカディオ・ハーン）が地元の尋常中学校の英語教師として赴任し、その風光をこよなく愛したことでも有名だ。

まずは、松江のシンボルとなっている松江城へ。現在は石垣と天守閣だけとなっているが、五層六階の天守閣の最上部に上れば眼下に町並みと宍道湖が一望に広がる。

城の北側の堀沿いが武家屋敷通りで、その一角に小泉八雲旧居がある。八雲は明治二十三（一八九〇）年に尋常中学校の英語教師として松江に赴任し、この地で一年三カ月ほど滞在した。その間に小泉セツと結婚し、暮らした家が往時のままで保存されているのだ。

十畳の居間や六畳の書斎など規模は小さいが、八雲は三方を日本庭園に囲まれた武家屋敷のたたずまいをとても気に入っていたという。隣接する小泉八雲記念館には自筆原稿やセツ夫人作の英単語覚え書帳などもあり、こちらも興味深い。

この松江で古くから郷土料理として親しまれてきたのが、宍道湖七珍。宍道湖は、淡水と海水が混ざりあう周囲約四十七キロの汽水湖。古くからさまざまな魚介類が水揚げされ、中でも鱸《すずき》、車海老の仲間であるモロゲエビ、鰻、アマサギ（公魚）、白魚、鯉、蜆（大和蜆）の七種を使った料理が宍道湖七珍である。

訪ねたのは、松江大橋の近くにある名店「懐石おもい川」。テーブルに並ぶのは、蜆の味噌汁、鯉の糸造り、モロゲエビのから揚げ、白魚の吸い物、アマサギの照り焼き、鰻のかば焼き……と続き、最後に出てきたのが鱸の奉書焼きだ。一匹を丸ごと奉書紙に包んで蒸し焼きにしたもので、体長は三十センチ以上もある。

「その昔、漁師が焚き火の中で焼いていた鱸を殿様が所望され、灰がついたままでは恐れ多いと奉書に包んで献上したのが始まりといわれています」と、店主の木山正美さん。

鱸は軽く塩をふって一晩置き、奉書で包んで水をかけながらじっくりと蒸し焼きにする。

ほっくりとした白い身に焦げた和紙の香ばしさが加わり、なんとも上品な味わいだ。梅醤油でいただく鯉の糸造りや白魚の吸い物など、どれもが素材の持ち味を生かした風雅な逸品である。なお「懐石おもい川」は、残念ながら現在は閉業。

この宍道湖の蜆漁は、早朝六時から行われる。漁の方法は、船の推進力でジョレンを引いて蜆を掻きとる「機械掻き」、船の上から人力でジョレンを使って湖底を掻く「手掻き」、そして漁師がウエットスーツを着てジョレンを持って人力で蜆を獲る「入り掻き」の三種類がある。

撮影のために、松江大橋近くから小船を出すと、大半が「手掻き」で漁をしていた。ジョレンの柄は長さが七、八メートルもあり、ジョレン自体も重さが十キロほどなので、かなりの力仕事だ。「手掻き」の船に近寄って漁獲した蜆を見せてもらうと、ツヤツヤと黒光りしている。しかも大きい。普段、スーパーなどで見かける蜆とはまったく違う存在感に圧倒されてしまった。ちなみに、「手掻き」での蜆漁は週四日で、一人一日約九十キロ以内となっているそうだ。通年漁獲されるが、旬は産卵のために身が肥えた七月前後の土用蜆と一月から三月の冬季に漁獲される寒蜆。

蜆の食べ方は味噌汁が一般的だが、湖畔の旅館「夕景湖畔すいてんかく」の名物となっているのが、蜆茶漬け。ご飯の上に焚いた蜆と刻みのり、青ネギ、錦糸卵、わさびをのせ、秘伝のダシ汁をかけてさらさらっとかっこむ。酒の酔いも吹っ飛びそうな、滋味あふれるおいしさだ。

十三湖の蜆についても少しふれておこう。津軽半島北西部に位置する十三湖は白神山地から注ぐ岩木川と日本海が交わる汽水湖で、大和蜆が特産品となっている。地元の食堂などでは、濃厚な蜆汁やバター焼きが食べられるが、一番人気は蜆ラーメン。数あるご当地ラーメンの中でも、トップクラスのおいしさだ。季語は蜆（春）。

はじかれし甘露醤油や寒の鰤

日本海に分布する約八百種の魚のうち約五百種が生息するといわれ、天然の生簀とも称される富山湾。冬のお楽しみは寒鰤だ。中でも氷見で水揚げされる寒鰤は味、質ともに最高級のブランドとして名高い。六キロ以上の鰤を「ひみ寒ぶり」として、販売証明書が発行されているほどである。市内の飲食店や宿泊施設などで二月末まで味わえるが、このとき訪ねたのは「魚巡りの宿永芳閣」。すべての客室から富山湾を一望することができる料理旅館である。

夕食は「巡りコース」を予約しておいた。基本の宿泊プランに好きな一品を追加できるもので、「ひみ寒ぶり」プランに紅ズワイガニをプラスした。「氷見でこんな魚が食べたいというお客様のご希望をうかがって、お客様専用の献立をご用意いたします」と、女将の平田淑江さん。鰤尽くしだけに、前菜から鰤のふと酢となめろうが出た。「ふと」は鰤の胃袋で、クセもなくこりこりとした歯ごたえがたまらない珍味だ。艶やかななめろうに続くのは、背と腹身のお造り。なんと、板長自らが客室に出向いて目の前で切り分けてくれる。醤油をはじくほど脂がのっているが、くどくはない。むっちりとした弾力があり、さすがに天然ものならではのおいしさだ。

次は、酒粕風味のスープで食べるしゃぶしゃぶ。「氷見の造り酒屋の吟醸酒粕と、やはり地元の味噌醤油店の麹味噌を合わせた当館自慢のスープです」と女将。大きい切り身をさっとくぐらせていただくと脂が口の中でとろけ、酒粕との相性も抜群だ。甘みと旨味がひときわ際立つ。焼き物は鰤かまで、照り焼きと塩焼きの二種類。身はやわらかく、上品な風味が広がる。煮物は味噌仕立ての鰤大根。「大根が主役」と女将が言うだけに、三日ほどかけて大鍋で煮込んだ大根のふくよかな味わいは別格だ。焼きと蒸しの二種類の紅ズワイガニを堪能し、締めのご飯は鰤の握り寿司。それも生と炙りの食べ比べができ、まさに「魚巡りの宿」にふさわしいメニューに圧倒された。季語は鰤（冬）。

富士を背に三浦大根引っこ抜く

冬野菜の代表ともいえる大根。青首大根、桜島大根などさまざまな品種があるが、そのひとつが三浦半島特産の三浦大根。おでんなどの煮物にうってつけの食材だ。三浦半島の東岸、三浦市金田地区の小高い丘の上にイイジマ農園のみごとな大根畑が広がっている。右側が青首大根で、左側が三浦大根だ。畑の面積は全体で約一万二千平方メートルもあり、そのうち八千平方メートルが大根畑である。

早速、三浦大根の畑に入って一本引っこ抜いてみた。ずっしりと重く、結構力がいる。

「それは四キロぐらいですね。掘り方のコツは、葉っぱと首の部分の両方を持つと抜きやすいですよ」と同農園の飯島徹さん。上部の肩が張っていて全体にスマートな青首大根に対し、なで肩で首の部分がきゅっと細く締まり、中央部がふっくらと太いのが三浦大根の特徴だ。重さは青首大根が平均一、二キロに対し、三浦大根は通常は四キロ前後だが六キロを超すものもある。

三浦半島は江戸時代から大根栽培が盛んに行われ、大正十四（一九二五）年には三浦産の大根が正式に三浦大根と命名された。きめ細かい肉質と、煮くずれしにくく煮物にすると甘みが出る三浦大根は長年にわたって根強い人気を誇ってきた。

しかし、昭和五十四（一九七九）年に三浦地区を襲った大型台風によって甚大な被害を受け、それを契機に栽培が容易で軽量の青首大根に主力の座を譲ったのである。三浦市農協によると、現在では三浦市の大根栽培は九十九パーセントが青首大根という。

「青首大根はすぽっと抜けますが、三浦大根はしもぶくれで、しかも地中に隠れている部分の方が太いので抜くのも洗うのも大変なんです。体力的に結構きついですから、青首にとって代わられたのですね」と飯島さん。

イイジマ農園でも、青首大根と三浦大根の比率は八対二。青首に比べ、三浦大根は虫や病気に弱いので栽培も手間がかかるという。季語は大根（冬）。

もぎたての枇杷の旨さよ総の国

初夏を代表する果物のひとつが枇杷。「茂木枇杷」で知られる長崎県と、「房州枇杷」と呼ばれる千葉県が二大産地だ。南房総市の富浦町を訪ねて枇杷狩りを楽しみ、もいだばかりの枇杷にかぶりついた瞬間、思わず「甘ぃ！」と叫んでしまった。なんという甘さだろう。酸味はほとんどない。濃厚にして爽やかな甘みが、口いっぱいに広がる。しかも、かぶりつくたびに果汁がしたたるほどにジューシーなのだ。

ここは、道の駅とみうら琵琶倶楽部から歩いて数分のハウス栽培の枇杷農園。ハウス内には高さ約二、三メートルの枇杷の木が立ち並び、一粒ずつていねいに袋掛けした枇杷がたわわに実っている。別の木の枇杷をもいで食べると、今度は酸味がやや強い。
「最初に食べたのは糖度の高い富房で、次のは酸味が適度に残る瑞穂という品種ですね。それぞれ異なる品種の食べ比べができるのは、枇杷狩りならではの魅力です」と話すのは、枇杷狩りを運営する道の駅とみうら枇杷倶楽部の小川雄一さん。

枇杷は温暖な地域でしか栽培できず、黒潮が流れる南房総市は枇杷栽培の北限となっている。千葉県全体の枇杷栽培のうち南房総市が約八割を占め、その主産地が富浦町なのだ。栽培の歴史は古く、江戸時代中期には始められたという記録もある。明治時代には皇室にも献上され、以来、富浦町は「房州枇杷」の名産地となったのである。

富浦での枇杷の収穫期は、五月がハウスもので六月は露地もの。道の駅とみうら枇杷倶楽部では、ハウス農家と露地農家の各十軒の枇杷農家と契約して枇杷狩りに案内している。しかし、いつでも枇杷狩りができるわけではない。枇杷は追熟させておいしくする果物ではないので、各農家の生育状況を見極めなくてはならない。そのため小川さんたちが、観光客が来園する前日の午後五時三十分までに各枇杷狩り農園の生育状況を確認し予約電話を受け付けている。こうして初めて完熟枇杷をその場でもいで、がぶりと味わうことができるのだ。季語は枇杷（夏）。

大柚子のごろりとおわす大雄山

小さな皮ひとつでも独特の香りで存在感を発揮し、日本料理に欠かせない柚子。その柚子の、関東有数の名産地が山梨県富士川町穂積地区で、たわわに実った柚子狩りが楽しめる。

富士川町は日本三大急流のひとつ富士川が流れる静かな山里で、古くから柚子の名産地として知られている。柚子栽培が行われているのは町内の穂積地区。まずは、柚子狩りを受け付けている日出づる里活性化組合に向かった。地元の地域づくりの団体だ。

「柚子は北風に弱いのですが、穂積地区の畑は南斜面で冬に北風が少ないことや、もともと土がいいことなどから柚子栽培に適しているのです」と組合長の小池太一さん。かつては五十軒ほどの農家で柚子を栽培していたという。「穂積の柚子は表面がごつごつして器量は悪いが、果皮、果汁ともに香りが強いのが特徴です。料亭などで特に好んで使われていました」。しかし、高齢化が進む現在では個人での栽培は難しく、組合で畑を管理しているという。ちなみに、穂積地区は日の出に富士山の山頂部と太陽が重なって生じる美しいダイヤモンド富士が見られるところで、日出づる里とも呼ばれている。

小池さんと組合のスタッフに案内され車で五分ほどの畑に行くと、黄金色に輝く柚子がたわわに実っている。どれもつやつやして張りがあり、みごとな出来栄えだ。鈴なりの畑の先には富士山が顔を見せ、まさに穂積地区ならではの光景である。

「桃栗三年柿八年、柚子の大馬鹿十八年」ということわざがあるように、柚子は植えてから十八年経たないと実を付けない。たいていの産地では接ぎ木をして八年前後で収穫できるようにしているが、穂積の柚子は十八年じっと辛抱してきた逸品なのである。

柚子の木の高さは約二、三メートル。高枝切りバサミを使い、これはと思う色艶のよい柚子を選んでゆっくりと慎重に切る。もぎたてを剥き、皮を白いワタの部分ごと食べてみると、さほど酸っぱくはない。多少の苦みはあるが、さわやかな苦みが広がった。

掲句は神奈川県南足柄市にある大雄山最乗寺の参道で見かけた光景。季語は柚子（秋）。

メモ書きの上に置かれし青林檎

秋は林檎の季節。長野県小諸市の農園で、品種によって異なる味の違いを楽しんだ。

青森県に次いで、林檎生産量全国二位の長野県。県内各地で林檎狩りができるが、訪ねたのは小諸市の松井農園。敷地面積約三万平方メートルもの林檎畑で、定番のサンつがる、紅玉をはじめ、シナノピッコロ、シナノドルチェといった長野県オリジナルの新品種まで約二十種類を栽培している。林檎の木は、なんと二千五百本近くもあるという。

「樹齢が六十年以上になるとさすがに衰えてしまうので、毎年四十本ほどは抜いてそこに苗木を植えていきます。品種を多くしているのは、いつでもお客さんが来てもげるようにしたいから。林檎狩りシーズンは八月中旬から十二月上旬までですが、その間、いろいろな品種の食べ比べが楽しめます」と、同農園の松井哲男社長。

松井さんの案内で、さっそく林檎畑へ。高さ約二、三メートルの木に、色づいた林檎がたわわに実っている。この日もいだのは、サンつがる、さんさ、ローズハスクの三種類。素人目には違いがわからないが、それぞれの木に品種を示すテープが巻いてあるので大丈夫だ。まずはサンつがる。ゴールデンデリシャスと紅玉との交配で生まれた品種だ。片手で林檎を持ち、果軸に人差し指を当てて上へ持ち上げると簡単に収穫できる。そのまま皮を剥かずにがぶりとひと口。さすがに、もぎたては違う。実はサクサクとして、甘い香りが口いっぱいに広がる。

さんさは甘味と酸味のバランスがよく、ローズハスクはその名の通りほのかにバラの香りがする。どれも単に甘いだけでなく、飽きのこないさわやかな甘さである。シナノピッコロは小ぶりで、照り輝くような濃い朱色が実に鮮やか。甘さの中にほんのりと酸味が加わり、こちらも絶妙な味わいだ。林檎狩りは食べ放題だが、ちょっとかじっただけで別の林檎へ……というのはマナー違反。仲間と上手に分け合ってさまざまな品種を無駄なく楽しみたい。季語は林檎（秋）。

蓴菜の若芽摘みたる小舟かな

ぷるんとした独特のぬめりの食感が特徴の蓴菜《じゅんさい》は、スイレン科の植物。旬は六月から八月中旬で、畳一枚ほどの木の小舟に乗ってひとつひとつ手で若芽を収穫する。蓴菜の生産量日本一の青森県三種町を訪ね、蓴菜摘み体験に挑戦した。三種町は二十年以上にわたって生産量日本一を誇る蓴菜の里。古くから蓴菜が自生する池や沼が数多く点在し、白神山地などから流れ込む水や湧水が豊富なこともあり質の高い蓴菜が育まれてきた。

まずは、蓴菜摘み採り体験の受付を行っている「道の駅ことおか」内にある三種町観光情報センターに向かった。「蓴菜を栽培する農家は約二百軒ありまして、そのうち八軒の農家さんで摘み採り体験を実施しています。小舟の乗り方や摘み方をていねいに教えてくれますから、初心者でも大丈夫ですよ」と、同センターの田森照美さん。

早速、紹介してくれた北林農場を訪ねると、蓴菜の浮葉が水面いっぱいに広がる池で二人のお年寄りが小舟に乗って収穫していた。いわゆるプロの摘み手で、近年は高齢女性によって収穫作業が支えられているという。「身をかがめて池の水面をよく見て、蓴菜の葉をめくって水中の若芽を見つけます。次に親指の爪を使って茎から切り取るようにしてください」と教えてくれる。蓴菜舟と呼ばれる小舟は、舟というよりは、幅約二十センチメートルの木の板で囲っただけの乗り物だ。これを、長さ約一メートルの棒一本で操船する。後ろ向きに乗り込んでしゃがみ、棒で岸を突く。そろりと舟が離れ、後は棒で水深五、六十センチメートルの池の底を突きながら前進させるのだが、思うように動かない。棒一本だからバランスをとるのが難しく、くるくると回ってしまうのだ。それでも何度かトライするうちにコツをつかみ、目指す方向へと進ませることができるようになった。浮葉の下にある若芽を見つけ、水中に手を入れて親指と人差し指で茎から切り離す。やがて目が慣れてくるのか、若芽の姿も良く認識できるようになる。摘んだ蓴菜は小さなバケツに入れてゆく。この日の収穫は約二時間で四百グラムほどだった。季語は蓴菜（夏）。

■コサブロウが選ぶ芭蕉と蕪村の名句

おもしろうてやがて悲しき鵜舟かな　松尾芭蕉

ゆく春やおもたき琵琶の抱きごころ　与謝蕪村

伝統を詠む

鵜飼船との距離は、わずか数メートル。
篝火に浮かぶ顔には火の粉が舞い迫力満点だ。

夏の夜のヤスで突きたる湖の幸

水中灯の灯りの下で長いヤスを両手に持ち、ワタリガニや黒鯛を「えいっ！」と突くたきや漁は浜名湖独特の伝統漁法であり、観光客も手軽に楽しめる。突いた獲物はその場で食べ、かつ、すべて持ち帰ることができるのもうれしい。

浜名湖の夏の風物詩となっているたきや漁は、静岡県浜松市、湖南部の雄踏《ゆうとう》地区を中心に行われている。現在、漁師さんは二十六名。ほとんどが観光用のたきや遊船だが、遊船がない日に個人的に漁に出て市場に出す人もいるという。

獲物はワタリガニをはじめ蛸、烏賊、黒鯛、鱸、鮃、カレイ、コチなどで、漁の期間は五月から九月。蛸や烏賊は五、六月だが、それ以外は季節に関係なく獲れるというのだから、いかに浜名湖の幸が多彩で豊富であるかがうかがえる。

午後六時半、エンジン付きの小型ボートに乗り込んで出航した。夕日が湖面を赤く染め上げ、高さ十八メートルの弁天島の大鳥居がシルエットとなって実に美しい。ボートは十分ほどで最初のポイントに到着したが、たきや漁は完全に日が沈んで暗くなってからスタートする。

午後七時半を過ぎると、「そろそろ始めましょうか」とたきや漁組合の大澤圭さん。この日の船頭さんである。船には数本のヤスが用意されている。大澤さんが使うのは長さ五メートルで、我々のは四メートル。カーボンファイバー製のヤスの先端部には、鉄製の十一本の突先があり、これで突く。

すでに周囲は真っ暗で、水中灯のほのかな灯りだけが湖面と水中を照らしている。「ヤスは常に船の外に出しておいて、必ず両手で持ちます。獲物がいたら、なるべく近づいて上から垂直に静かにすとんと降ろして突いてください。焦らず、落ち着いて狙いを定めます。ワタリガニは一回で大丈夫ですが、魚の場合は、二、三回突いて押さえ込んでから引き上げます」

ちなみに、ヤスの突先はストレートでいわゆる「返し」がない。「返し」があると外す際に獲物を傷つけてしまうからだ。

アドバイスを受けてヤスを持ち、いざ船べりに立って獲物を探す。船はゆっくり進み、途中で止まる。水深は三十センチほど。目を凝らすもののイマイチ、カニの姿がしっかりと認識できない。「左前方にいますよ！」の声でようやく見つけて、ヤスで突く。

自分では背中を突いたつもりながら、かすってしまった。驚いたワタリガニの逃げ足の、なんと速いことか。そう、カニの逃げる様子がはっきりわかるほど透明度が高いのだ。

そうこうしているうちに、さすがはプロの技。大澤さんは次々にヤスを縦横に突いてカニや黒鯛、鱸を突いては船上に投げ込んでゆく。こうした熟練プロの漁の様子を目の前で見ることができるのも、たきや漁の楽しみといえる。

大澤さんに指摘されて突くのではなく、今度は自分の目で獲物の姿を見つけて仕留めよう……と、必死に湖底を見つめた。すると、何やら蛸らしき姿がいるではないか。「これだ！」とヤスを投げてようやく、ゲットした。

この日は、無風で濁りがないなどの条件に恵まれたのか、予想以上の大漁。ワタリガニはおよそ五十四、そして大きなモンゴイカに蛸、黒鯛、鱸などが獲れた。もちろん、大半は大澤さんとモデルチームの船頭さんの獲物なのだが、それにしても魚影の濃さにはあらためて驚いたものである。

意気揚々と、今度は調理・飲食場の「TAKIYA BASE」へ。ここは、たきや漁で獲れた食材を船頭さんが調理して食事できる施設。獲ったばかりの新鮮なカニを豪快に丸ごと鍋に放り込み、茹でたてを食す。ひたすら無言で、味の濃いワタリガニを堪能した。黒鯛や蛸は天ぷらだ。小さめのカニは味噌汁にしてくれるのだが、こちらもまた、絶妙な旨さであった。季語は夏の夜（夏）。

飲む酒を束の間忘る鵜飼かな

十年ほど前、愛知県犬山市の木曽川で、日本最古とされる鵜飼を取材したことがある。犬山市は、「尾張の小京都」と称される静かな城下町。最寄り駅は、名鉄名古屋駅から快速特急で約三十分の犬山駅。まずは、同駅から歩いて二十分ほどの犬山城へ向かった。城へと続く本町通りには、古い町家を改造した飲食店や土産店が軒を連ねている。

本町通りの正面に立つのが犬山城。現在は三層四階建ての天守閣しか残っていないが、石垣の上に秀麗な姿を見せている。築造されたのは、室町時代末期の天文六（一五三七）年で、現存する天守閣としては最古の様式と伝えられている。

急な階段を上がって四階の望楼に進むと、眼下に木曽川が流れ濃尾平野のみごとな眺望が広がる。しかし、廻縁《まわりえん》に設けられている手すりの高さは七十センチほどしかないので、ちょっと怖い。高所恐怖症の人は、足がすくんでしまうだろう。

この犬山城は、全国唯一の個人所有という珍しい歴史がある。江戸時代初期に、尾張徳川家の重臣・成瀬正成が城主となり、それ以降平成十六（二〇〇四）年まで歴代成瀬家が個人で所有していたのだ。四階の高欄の間には、初代の正成から十二代目正俊氏までの肖像画や写真がずらりと展示され、成瀬家の長い歴史を物語っている（現在は財団法人犬山城白帝文庫の所有）。

この日の宿は、城の近くにある名鉄犬山ホテル。部屋に入ると目の前に犬山城と木曽川が見え、絶好のロケーションだ。隣接する庭園有楽苑には、織田信長の実弟・織田有楽斎が建てた茶室如庵（国宝）や、有楽斎の隠居所（重要文化財）などが移築されている。

露天風呂で汗を流し、いよいよ木曽川の鵜飼。名鉄犬山ホテルの鵜飼観賞夕食付プランは、小船で木曽川を遊覧しながら重箱入りの食事を楽しみ、その後で鵜飼観賞となる。登場したのは、若い女性の鵜匠。暗闇の中、「ホーウホーウ」と声をかけながら巧みに手縄をさばいて数羽の鵜を操る。こちらの小舟と鵜飼船との距離は、わずか数メートル。篝火に浮かぶ顔には火の粉が舞い、迫力満点だ。持参したウィスキーを飲みながら見学していたのだが、しばし飲むのを忘れてしまうほどのみごとな技である。鵜が捕らえた鮎をはき出させると、乗り合わせた乗客からいっせいに拍手が起きた。

鮎といえば、那珂川で簗《やな》漁を取材したことがある。栃木県から茨城県を流れ、太平洋へと注ぐ長大な那珂川は関東随一の清流だ。古くから天然鮎のメッカとして知られ、各所に観光簗が点在し夏の風物詩となっている。簗とは丸太の杭や石などを敷設して川の流れを一部せき止め、落簀《おてす》と呼ばれる竹のスノコの上に誘導されてきた魚を捕獲する伝統的な仕掛けのこと。産卵のために川を下る鮎をはじめ、どじょうやウグイなどさまざまな川魚が獲れる。訪ねたのは、那珂川町の高瀬観光やな。高瀬観光の簗場は幅約十一メートル、奥行き約十八メートル。大簗と呼ばれるもので、県内でも有数の規模を誇っている。「大正時代の初め頃からやっていますが、当時はもっと大きかったですね」と語るのは、二代目の高瀬洋三さん。機械化が進む中で、同じ太さの竹や丸太を切り出して組み上げる工法は手間はかかるが、激しい川の流れも巧みにいなすことができるという。

「このあたりの那珂川の幅は約百六十八メートルですが、そのおよそ四分の一をせき止めて魚の道を設けます。ここに魚が流れ込み水は竹の間を抜けてゆき、魚がスノコの上に残るという仕組みですね。すべて組み上げるには、約一カ月かかります」と高瀬さん。

簗場に向かうと、那珂川の岸辺から長さ約十八メートル、幅約一メートルの木製の橋が架けられている。その先の簗場に立つと想像以上に水量が多く、川の流れも速い。白い水しぶきが舞い上がるスノコの上で待つことしばし。十分ほどすると、いきなり中型の鮎が流されてきた。すかさず跳ね回る鮎を掴もうとするのだが、鮎も必死だ。なかなか、うまく掴むことができない。やむなく、近くにあった小さな網ですくいあげた。

三十分ほどの間に中小合わせて四尾ゲットしたが、高瀬観光やなでは捕れた鮎はすべて木製の生簀に入れるのがルール。ここはあくまでも、簗漁の体験を楽しむのが基本なのである。したがって体験そのものは無料になっている。

川遊びをした後は併設されている食堂で鮎料理を賞味した。注文したのは鮎の刺身、フライ、塩焼き、鮎めし、鮎こくなどがずらりと並ぶ鮎尽くし。刺身はこりこりとして、上品な味わい。炭火でじっくりと焼き上げた塩焼きは、ほんのりとキュウリに似た独特の風味と香ばしさが食欲をそそる。内臓のかすかな苦みもまた、鮎ならではのごちそうだ。鮎めしは丸ごとの鮎を入れて米を炊き、一度取り出してきれいに骨などを除いて混ぜ合わせてある。盛り付けの際に塩焼きを添えるという贅沢な一品だ。季語は鵜飼(夏)。

鯖鮓の味わい深き祇園かな

祇園といえば、古くから知られた京都有数の花街。格子戸の続く家並みが、独特の雰囲気を漂わせている。その祇園の一角にあるのが鯖姿寿司で有名な「いづう」である。創業は江戸時代中期の天明元（一七八一）年。初代いづみや卯兵衛の一字をとり、屋号を「いづう」とした。田沼意次が老中として権勢を誇っていた頃であるから、その歴史の古さがうかがえる。鯖姿寿司は元々、京の町衆がハレの日や祭りの日に好んで食べていた家庭料理のひとつだったが、それを初代が製法に吟味を重ね、専門店として開業したのである。

「当時はお茶屋さんへの出前や、ご進物用としてのみの商いでした。長い間、お座敷のお客様中心の商いを続けていましたが、一方で一般のお客様のご要望に気軽に応えられる場についても思案しておりました。現在の、店でお召し上がりの席を設けたのは一九七〇年頃で、六代目当主の決断でした」と語るのは、八代目の佐々木勝悟さん。

二百三十年以上の歴史を持つ「いづう」の鯖姿寿司は、鯖は日本近海の脂ののった真鯖を使い、米は滋賀県産のブランド米である江洲米。寿司全体をくるむ昆布は北海道産の昆布。鯖は三枚におろし、塩を打つ。季節や鯖の具合にもよるが、塩を打つ時間は二、三時間。一度水洗いし、生酢に漬けること二、三分。生酢からあげ、これをひと晩寝かすのだが、普通の電気冷蔵庫ではない。氷を使った専用の保冷庫なのだ。「十度前後の保冷庫を使うことで鯖の脂を浮かせ、塩と酢と脂をなじませることで味をなれさせます。これが最大の自然の調味料なのです。昆布を巻くことでさらなる旨味を重ね、完成へと近づきます」と佐々木さん。

和の情趣あふれる静かな店内でいただいた鯖姿寿司は、噛みしめるほどに鯖と寿司飯の旨味がじわりと広がる。なんとも滋味豊かで優しい味わいだ。寿司飯は、初代の名の「卯」がうさぎを意味することから、断面がうさぎに見えるように仕立てている。これも、祇園の老舗らしい粋な遊び心といえるだろう。季語は鯖鮓(夏)。

正月の神棚飾るしおかつお

静岡県西伊豆町の田子地区は、かつて鰹漁で栄えた漁師町。今は鰹漁はやっていないが、鰹を塩漬けにして干したしおかつおの伝統は脈々と受け継がれ、お茶漬けやうどんで味わうことができる。

訪ねたのはカネサ鰹節商店。明治十五（一八八二）年創業の鰹節一筋の老舗で、しおかつおも手がけている。「田子は古くから鰹の一本釣りが盛んで、漁師もたくさんいました。最盛期には四十人ほどが漁に出ており、漁師だけでなく加工業者も多くとても賑わっていましたが、二〇〇〇年に最後の鰹船が廃業しました」と語るのは、カネサ鰹節商店五代目の芹沢安久さん。仲間とともに「西伊豆しおかつお研究会」を立ち上げ、普及に努めている。取材で訪れた日は、ちょうどしおかつおを藁で飾り付ける作業の真っ最中だった。しおかつおは縁起の良い保存食として正月の神棚に「正月魚《しょうがつよ》」としてお供えされてきたが、藁で飾るのは家内安全や子孫繁栄を願うしめ飾りと同様の意味があるという。

「藁のパワーをまとわせるというか、正月用の正装ですね。藁に願い事をこめるのです。昔は神棚でしたが、近年は玄関に吊るす方が多いようです」と芹沢さん。

　しおかつおの作り方は、生の鰹の腸をていねいに取り除き、そこに塩を詰め込む。木の桶に大量の塩とともに漬け込むことおよそ二週間。その後、きれいに水洗いして竹で組んだやぐらに掛けて約三週間陰干しする。この時期に強く吹く、西伊豆独特の季節風である西風にさらすのだ。陰干しにするのは表面がきれいに仕上がるからで、日干しにすると脂焼けしてしまうそうだ。毎年十一月上旬から作り始め、十二月下旬に販売する。カネサ鰹節商店では一本まるごとのしおかつおをはじめ、焼いて食べる半生の切り身や、焼いた切り身なども売っている。焼いた切り身を賞味させていただくと、確かに塩辛い。想像以上のしょっぱさだが、そのしょっぱさの中に鰹ならではの旨味と風味があり、一度食べたら忘れられないおいしさである。季語は正月（新年）。

鉄瓶の白き湯あかの余寒かな

余寒《よかん》とは、寒が明けてもなお残る寒さのこと。同じような意味合いの季語に、「春寒し」「冴返る」などがあるが、それぞれ微妙にニュアンスが異なるところが俳句の面白いところだろう。鉄瓶の湯あかは、そのままにしておくのが基本。へたに削ったりしてはいけない。白い湯あかがまた、おいしい湯を作ってくれるのである。夜中に目覚め、ふとガスストーブの上の空にしてある鉄瓶を覗くと、湯あかが寒々と底に眠っていた時のことを詠んだのが、揚句である。

鉄瓶といえば、南部鉄器を取材したことがある。みちのくの小京都、盛岡が誇る伝統的工芸品である。訪ねたのは、市内南仙北にある「岩鋳」。重厚にして繊細な鋳肌を持つ鉄瓶をはじめ、カラフルな急須や多彩なキッチンウェアなど、その種類は千八百点にも及ぶトップメーカーだ。

岩手県を代表する伝統的工芸品の南部鉄器は、盛岡で発達したものと、伊達藩領であった旧水沢市（現・奥州市水沢）の二つの産地で受け継がれてきた。前者は、江戸時代初期の寛永年間に南部藩主が京都から釜師を招いて茶の湯釜や鉄瓶などを作り、後者の歴史は平安時代に藤原清衡が鋳物師を招いたことから始まったと伝わる。

「岩鋳」は明治三十五（一九〇二）年、岩清水末吉によって創業された。その後、長男彌吉と次男の多喜二兄弟により家業から企業へと推し進められてきた。次第に販路を広げ、平成には海外へも進出。フランスの紅茶専門店から「カラフルなティーポット（急須）を作ってほしい」との依頼が舞い込み、今やヨーロッパの小売店では「ＩＷＡＣＨＵ」が鉄器の代名詞になっているほどだ。

南部鉄器は砂で作った鋳型に銑鉄を流し込む「焼型法」という製法で作られており、鋳型の製作から鋳込み、そして着色など数多くの工程を経て完成する。製造工程はまず、どのような鉄瓶を作るかのデザインから。実寸大の図面を引き、厚さ約一・五ミリの鉄板に写し取り、それを切り抜いて挽型板を作る。次は金型の作成と鋳型の製作。鉄瓶の大きさに合った素焼きの型に、「牛」という固定道具を用いて鋳物砂と粘土汁を混ぜて挽型板を回して鋳型を作る。そして文様捺し。挽き上げた胴型が乾燥しない間に文様を捺すのだが、真鍮の棒の先を円錐形に尖らせた霰棒で一つひとつ捺していく。その数は二千から三千で、一、二日間かかる。

次は、鋳型の組み立て。横にした胴型に片手で持った中子を入れ、さらに尻型をかぶせて鋳型を組み立てる。中子は、胴型と尻型と上下に分かれる外型に対して中に入る型のこと。外型と中子のすき間が鉄瓶の厚みとなる。次は鋳込み。キューポラ（鉄の溶鉱炉）で約千五百度に溶かした鉄を「湯汲み」と呼ばれる柄杓で受け、鋳型に流し込む。溶けた鉄のことは「湯」と呼ばれている。昔はコークスや石炭を用い、フイゴで風を送っていたそうだが現在は電気炉。そして、型出しと砂落とし。鋳込んだ鉄が固まったら鋳型から引き出し、中子の砂を落として鋳バリを取る。鉄が冷めるまでは、三時間ほどかかる。鋳バリとは、はみ出した余分な「湯」のことだ。

次は着色。鉄瓶を約二百五十度に加熱し、その表面に水草を乾燥させて作った「くご刷毛」を用いて漆を焼付ける。さらに百度から百五十度くらいの温度で「おはぐろ」または

「茶汁」をむらのないように刷きつけ、よく水気を切った布で何回もていねいに拭き上げる。こうしたできた鉄瓶を丹念に調べ、鉉をつければ完成である。

「岩鋳」で南部鉄器を作っているのは、三代目清茂を名のる伝統工芸士の八重樫亮さん。古典的な鉄瓶からモダンな鉄瓶まで幅広く手がけている。清茂とは、「岩鋳」に受け継がれてきた伝統工芸士の栄えある称号だ。溶けた高温度の鉄を扱い、火花が飛び散る現場にもかかわらず、ふと見ると清茂さんはなんと足袋と草履履きではないか。

「親方もそうやっていましたからね。この方が、ぴっちりするし、火花をはじいてくれるんですよ」とさりげなく話す姿は、まさにこの道一筋の職人ならではの、誇りと自信に満ちていた。季語は余寒（春）。

■コサブロウが選ぶ芭蕉と蕪村の名句

蝶の羽のいくたび越ゆる塀の屋根
松尾芭蕉

学問は尻からぬけるほたる哉
与謝蕪村

史実を詠む

対馬藩主が玄蘇和尚らと計って
外交文書である国書を偽造するという事件があった。

白蝶の石屋根越ゆる対馬かな

辺境の島というイメージがある長崎県の対馬だが、実は関東圏からも意外に近い。羽田空港から福岡空港経由で対馬空港まで、一時間の乗り継ぎを含めて三時間半で到着してしまう。乗り継ぎ時間を除くと、わずか二時間半のフライトだ。

美津島町にある対馬空港から、島の中心となっている厳原《いずはら》町にある万松院を訪ねたのは平成二十（二〇〇八）年一月。万松院は対島藩主宗家の菩提寺で、元和元（一六一五）年に宗家二十代の義成が父・義智のために建立した古刹である。

桃山様式の壮麗な山門の横から境内に入ると本堂が立ち、さらにその奥に進むと百雁木《ひゃくがんぎ》と呼ばれる百三十二段の苔むした石段が墓所へと続いている。両脇に石灯籠が整然と立つこの石段を、かつて朝鮮通信使は上等な筵を敷いて歩いたという。

上りきると楠や杉の巨木につつまれた墓所が広がり、十九代義智以降の藩主や側室の立派な墓石が並ぶ。義智の墓石は高さ約一・五メートルの宝篋印塔だが、義成や二十一代、二十二代の墓石は高さ約五メートル近い堂々たる五輪塔。朝鮮との外交を一手に引き受け、幕府との関係も強かった対島藩十万石の格式をあらためて感じさせるたたずまいだ。

万松院周辺には、県立対島歴史民俗資料館（現在は閉館中）と西山寺がある。いずれも朝鮮通信使にゆかりの資料が見学できる施設で、ことに歴史民俗資料館に展示されている朝鮮通信使行列絵巻は見逃せない。

秀吉の出兵で中断された朝鮮との関係が、宗家の努力によって復活したのは慶長十二（一六〇七）年。この年、対島藩を介した徳川新政権の要請に応じて初めての修好（国交回復）使節、すなわち朝鮮通信使が送られてきたのだ。以来、文化八（一八一一）年までおよそ二百年間に十二回の通信使が来日した。

李氏朝鮮政府の第一級の官僚や学者をはじめ楽隊、通詞など三百人から五百人にのぼる大使節団が、洋上を半日かけて対島に入り、さらに江戸を目指したのである。その絢爛たる行列の様子を描いたエキゾチックな絵巻は、まさに日本と韓国を結ぶ貴重な歴史遺産といえるだろう。ちなみに国交を回復する際、江戸幕府と朝鮮双方の立場の相違を埋めるためにやむなく、時の藩主宗義智は外交顧問の玄蘇和尚、家老の柳川調信らと計って外交文書である国書を偽造するという事件があった。

例えば朝鮮国王の返書を親書と改ざんしたり、国主の上の点を削って国王としたり……。義成の時代にその事実が発覚し以後はあらためられたが、そうした対島藩の必死の行動によって日朝の和平が二百年にわたって続いてきたのである。

対島は標高五百メートル前後の山岳が連なり、リアス式の美しい海岸線を持つ自然豊かな島だが、一方では厳しい風土から生まれた独特の石積み文化を伝えてきた。厳原の街中で見られる武家屋敷の石垣塀もその例だが、圧巻は石屋根の倉庫だ。朝鮮海峡に面した西海岸は、冬になると風速十数メートルもの北西の風が吹き荒れる。平地が極端に少ない対島の人々にとって穀類など食料の保存は何よりも命懸けであり、藁や板では強風にも火事にも弱い。しかも農民は瓦で屋根を葺くことが禁じられていたのである。

そこで考えられたのが、島で採掘できる頁岩《けつがん》と呼ばれる平らな石で屋根を葺くことだった。頁岩は、まるで剥いだように真っ平らであり、それを幾層かに重ねて石屋根とし、さらに高床式とすることで風にも火にも湿気にも強い建物ができあがった。厳原町西部の椎根地区などには今でも現役の石屋根倉庫が残っている。西山藤生さんの倉庫は昭和三十一（一九五六）年に建て替えたもので、石屋根を含めた建物の総重量は二百トン近くもあるそうだ。「祖父が大正時代に山から大量の石を切り出して河原に置いといたんです。孫の時代になったら建て替えろということでしょうが、昔の人は先を見る目がありましたね」と西山さん。

このまっ平らな頁岩はまた、もうひとつのみごとな伝統文化を生み出した。椎根近くの若田地区で採掘される若田石を使った硯である。若田石は頁岩がさらに地中で熱に焼かれた特殊な原石で、若田石硯は「中国の端渓にも匹敵する」と評価されているほどだ。

その若田地区に住み「現代の名工」に選ばれたのが廣田寿峰さん。若田石硯の伝統技術を存続するため昭和四十七（一九七二）年に会社勤めを辞め、この道に入った。寿峰さんは廣田家の十一代目。元々は神官だったそうだが、ご自宅にうかがうと宗家二十三代義方の書状がさりげなく飾られているほどだから、歴史の深さが偲ばれる。

廣田さんの硯で試しに墨をすってみると、まさに墨が硯に吸い付くばかりの滑らかさ！素材の良さと名工の技に驚嘆した。季語は蝶（春）。

出雲なる国のロマンや神無月

出雲大社が五月、伊勢神宮は十月――。日本を代表する二つの神社が遷宮を迎えた平成二十五（二〇一三）年に、約六十年ぶりとなる本殿遷座祭が行われた出雲大社を訪ね、神々の国・出雲の奥深い魅力を探った。

遷宮とは、社殿の新築や修造に合わせて御神体や御神座を移すこと。大国主大命を祀り、縁結びの神様として知られる出雲大社では五月十日に本殿遷座祭が執り行われ、出雲は、華やかな祝賀ムードに包まれていた。本殿遷座祭とは、檜皮葺きの大屋根を全面葺き替えた本殿に、仮の住まいだった御仮殿（従来の拝殿）から大国主大命を遷座する重要な祭事だ。大屋根の修造に使われた檜皮《ひわだ》の数は、およそ七十万枚という膨大なもの。職人の手によってていねいに竹釘で固定され、軒先の厚さは約一メートルにも及ぶ重厚な造りとなっている。国宝に指定されている本殿の高さは、神社建築としては日本一の約二十四メートル。昭和二十八（一九五三）年の遷宮から六十年ぶりとなる平成の大遷宮により、「大社造り」という最古の建築様式の美が甦ったのである。

さて、奉祝行事で賑わう出雲大社へは、出雲大社から松江を結ぶ一畑電車出雲大社前駅から歩いて五分ほど。飲食店やみやげ物店が軒を連ねる神門通りを抜けると、正面に勢溜《せいどまり》の鳥居がある。勢溜の鳥居をくぐり、寺社では珍しい下り参道を進むと右手に小さな祓社。まずはここに参拝して心身を清めるのだが、参拝作法は一般の神社とは異なり「二拝・四拍手・一拝」。これが出雲大社流なのである。

坂を下り、祓橋を渡ると松並木の参道が延びている。樹齢数百年というだけに、どの松もみごとな枝ぶりだ。四列の松並木の間には三本の参道があり、左側通行が基本。松の参道を抜けると、出雲神話にちなむ大国主大命の二つの像が左右に立っている。右側が「ムスビの御神像」で左側が「御慈愛の御神像」。「ムスビの御神像」は幸魂奇魂の力を授かる様子を描いたもので、「御慈愛の御神像」は因幡の白兎をモチーフとしたものだ。「御慈愛の御神像」の前には手水舎があるので、ここで手と口を清めよう。そして銅の鳥居をくぐると、いよいよ本殿の立つ瑞垣内となる。

正面には、五月十日までは御仮殿であった拝殿があり、その背後に真新しい大屋根をいただいた本殿が壮麗な姿を見せている。このときの修造遷宮では、檜皮の葺き替えだけでなく千木一組の取替え作業も行われ、新しい千木がひときわ印象的だ。

参拝は、江戸時代初期の寛文年間に造営された八足門《やつあしもん》の前で行うが、この八足門の手前から平成十二（二〇〇〇）年に巨大な柱の基部が出土した。前述したように、現在の本殿の高さは千木の先端まで二十四メートルだが、古代にはその二倍もあり、何本もの柱の上に社殿が立つ高層神殿であったという。三本の杉柱を束ねて一本とし、その柱九本で四十八メートルに立ち上げ、長さ約百九メートルもの階段が設けられていた……という古文書もあるが、これらは長く伝承とされてきた。

しかし、八足門前から柱の基部となる宇豆柱《うずばしら》が発掘されたことで、高層神殿が実在したことが証明されたのである。路面には宇豆柱の発掘跡が赤く記されており、その大きさにあらためて驚かされるとともに、古代へのロマンがますますかきたてられるだろう。

参拝の締めくくりは、本殿西側にある神楽殿へ。ここに下がる注連縄は拝殿のおよそ二倍、長さ約十三・五メートル、重さ約四・四トンという壮大なものだ。近づいて下から見上げると、その迫力に圧倒される。

境内での参拝を終えたら、ぜひ歩いてみたいのが本殿の東側に延びる社家通りだ。社家とは、代々神社の神職を世襲してきた家（氏族）のことで、社家通りには土塀を巡らした高級神職の立派な屋敷が続いている。ここまで訪れる観光客も少なく、ひっそりと静まり返って独特の雰囲気を漂わせている。

途中には、幕末まで出雲大社の祭祀職務を千家氏とともに一年ごとに分担していた北島氏の北島国造館、樹齢千年と伝わる根元周り約十二メートルものムクの巨木、そして島根県の名水百選にも選ばれている真名井の清水などがあり、出雲大社境内とはひと味違った歴史散策が堪能できる。季語は神無月（冬）。

鰊漁栄えし町のローカル線

北海道新幹線の開業により、平成二十六（二〇一四）年五月に廃止された江差線。一両編成のディーゼルカーが原野を走る姿は、いかにも北の大地のローカル線らしい風情があり、鉄道ファンに格別の人気があった。廃止前の江差線に乗って江差へ行ったのは、確か平成二十五（二〇一三）年の冬だったと思う。

江差線の終点が江差駅。北海道の西南部、日本海に面した港町の江差は江戸時代には北前船による鰊と木材の交易で栄え、「江差の五月は江戸にもない」とうたわれるほど賑わった。今でも、豪壮な鰊御殿や当時としてはかなりモダンな洋風建築の役所など、昔日の栄華を彷彿とさせる建物が点在している。

江差駅から二十分ほど歩くと江差のメインストリートとなり、ここに整備されているのが「いにしえ街道」だ。鰊御殿をはじめ、町の歴史的建造物を保存・整備した通りで、約一キロにわたって歴史散策が楽しめる。

最初に訪ねたのは、道指定有形民俗文化財に指定されている横山家。初代から数えると二百年以上の歴史を持つ旧家である。道南各地に残る単なる網元ではなく、漁業をはじめ商業、廻船問屋などを一手に営む〝総合商社〟的な存在だったという。現在の建物は、明治二十六(一八九三)年に江戸末期の建築様式で再建したもの。堂々たる外観はもちろん、金屏風の置かれた母屋の座敷や、四つある大きな蔵など、まさに〝ひと網何千両〟という豪放な鰊漁で隆盛をきわめた往時の暮らしぶりを伝えている。

しかも、ほかの鰊御殿と呼ばれる旧家が歴史的記念物となってしまった中で、横山家は現在も八代目のご主人が住み(取材時)、営々とその歴史を受け継いでいるのだからすごい。横山家からしばらく進むと、国指定の重要文化財・旧中村家住宅がある。江戸時代から海産物の仲買商を手がけていた近江商人の大橋家が建てた店舗兼住宅で、総ヒノキアスナロ(ヒバ)切妻造りの大きな二階建て。大正初期に大橋家が江差を離れるにあたり、支配人の中村家が譲り受けたものだという。現在は江差町が管理しているが、手代が三人も座れる帳場や、紫檀、黒檀が組み込まれた床の間など、こちらも随所に贅を尽くした造りに圧倒される。旧中村家住宅から、坂を少し上った高台に立つ旧檜山爾志郡《ひやまにしぐん》役所も見逃せない。北海道庁の出先機関である郡役所と警察署の業務を執り行う建物として、明治二十(一八八七)年に建てられたもので、一階に玄関ポーチ、二階にバルコニーが設けられたモダンな洋風建築がひときわ目を引く。平成九(一九九七)年に修復工事が行われ、現在は江差町郷土資料館となっているが、その鮮やかな外観だけでなく内部もまた美しい装飾に彩られている。

江差といえば、日本を代表する民謡として名高い江差追分が有名だが、「いにしえ街道」には、その江差追分の実演(四月下旬から十月下旬)が行われる江差追分会館もあるので、ぜひ立ち寄りたい。江差の、もうひとつの見どころが江差港マリーナにある開陽丸。外国勢力に対抗するため、幕末に徳川幕府がオランダから導入した最新鋭の軍艦だ。鳥羽・伏見の戦いに敗れた徳川慶喜らが大坂を脱出する際に乗船し、また戊辰戦争では榎本武揚らが乗り組んで函館に向かったのも、この開陽丸なのである。

残念ながら明治元(一八六八)年十一月、暴風雪のため江差沖で座礁、沈没してしまったが、オランダに残っていた設計図をもとに平成二（一九九〇）年に復元。資料館となっている船の内部には、海底に沈んでいた開陽丸から引き揚げた大砲や砲弾、生活用品などの遺物約三千点が展示されている。

さて、こうした多彩な歴史に彩られた江差で近年、知る人ぞ知る名旅館として静かなブームとなっているのが「旅庭群来」である。前述の江差港マリーナにあり、目の前に日本海が広がっている。名前の「群来（くき）」の由来は、魚が群れをなしてやってくる「群来る（くきる）」から。かつて鰊漁で繁栄した輝かしい歴史をふまえ、江差の新たな観光資源に……という思いで名づけられたという。

外壁はシンプルなコンクリートで、石の庭に囲まれた独立型の客室がわずかに七室。すべてが専用テラス付きのリビングとベッドルーム、そして琉球畳の和室がみごとに調和するスイートルーム仕様だ。食事は、穫れたての魚介類など地元の新鮮な山海の幸を活かした季節の創作懐石料理。特に食通をうならせているのが、オーナーが広大な農場「拓美ファーム」で自ら育てている綿羊（サフォーク種）や北海地鶏、無農薬・有機栽培の野菜・山菜だ。ある日の夕食のメインは、地元で水揚げされた天然蝦夷鮑と羊（ラム）黒胡椒焼き。羊は実に柔らかく、臭味はまったくない。季語は鰊（春）。

少年の日のまざまざと青蜥蜴

かつて国際避暑地として多くの外国人が訪れた奥日光の中禅寺湖畔。イギリスやイタリアの旧大使館別荘は記念公園として公開され、往時のたたずまいを偲ぶことができる。

奥日光への玄関口となるのは東武日光駅。ここから中禅寺湖畔へは車で約三十分だが、大使館別荘へは車両規制があるため湖畔の県営歌ヶ浜駐車場に駐車する。英国大使館別荘記念公園へは、駐車場から遊歩道を歩いて約十分。両側から緑濃い樹木が覆いかぶさるように茂り、木漏れ日をたどりながらのさわやかなアプローチだ。歩いていると、草むらから青光りのする蜥蜴が一匹、はい出してきた。地を這うようにして走り、一瞬立ち止まったかと思うと、さっと逃げて行った。青蜥蜴など見るのは、何十年ぶりだろうか。

英国大使館別荘記念公園は、幕末から明治の英国の外交官であったアーネスト・サトウが明治二十九（一八九六）年に個人の別荘として建てたもの。後に英国大使館別荘となって平成二十（二〇〇八）年まで利用され、その後、平成二十二（二〇一〇）年から一般公開されている。別荘が完成した当時は、『日本奥地紀行』を執筆した旅行家で紀行作家のイサベラ・バードも一カ月ほど滞在したという。

館内には明治時代の国際避暑地としての奥日光の歴史資料や、往時の英国文化に関する資料などが展示されているが、今も変わらないのが二階の広縁から望む中禅寺湖のみごとな眺めだ。かつて、サトウが愛した「絵に描いたような」風景が広がる。

さらに湖畔の道を進むと、数分でイタリア大使館別荘記念公園。昭和三（一九二八）年にイタリア大使館の別荘として建てられ、平成九（一九九七）年まで歴代の大使や家族が使用していた。その後、建物を修築、復元して一般公開したものだ。暖炉のある書斎や食堂、寝室などの壁や天井は、なんと杉皮葺。さまざまなパターンに仕上げられた内装は見ごたえがある。さて、日光といえばぜひ見ておきたいのが滝である。日光には四十八滝といわれるほど数多くの滝があるが、もっとも有名なのが日本三名瀑のひとつである華厳ノ滝。中禅寺湖からの水が、約百メートルもの絶壁を一気に落下する光景は圧巻だ。エレベーターで下って観爆台に立つと爆音とともに水しぶきが弾け、さらに迫力がある。

戦場ヶ原から湯元温泉へ行く途中にあるのが竜頭ノ滝。約二百十メートルにわたって流れ落ち、滝壺近くが大きな岩によって二分され、その様子が竜の頭に似ていることからこの名が付いたという。最後は、湯滝。湯ノ湖の南端にあり、湯川をせき止めて湯ノ湖を造った三岳溶岩流の岩壁を湖水が流れ落ちる。落差約七十五メートル、幅は最大で約二十五メートル。急な斜面を勢いよく流れる様子は実にダイナミックだ。

この日の宿は、湯元温泉の湯ノ湖畔に立つ休暇村日光湯元。白樺や唐松林に囲まれた瀟洒な建物が印象的だ。車を降りると、ぷーんと硫黄の匂いにつつまれる。湯元温泉は濃い硫黄泉で、昔は湯治の湯として親しまれていたそうだ。部屋でひと休みして露天風呂へ。乳白色の湯はやや熱めで、じわりじわりと温泉の力が全身に伝わってくる。夕食は、「日光名物湯波料理」のコース。汲み上げ湯波をはじめ、創業明治初期の日光市の老舗「松葉屋」の木綿豆腐、絹ごし豆腐を使った豚肩ロースのしゃぶしゃぶ、揚げ巻湯波とローストビーフおろし和えなどが並ぶ。

まずは豆乳が入った小鍋に火をつけて、汲み上げ湯波を味わう。「薄い膜が張り、すぐに引き上げると小さな湯波、ゆっくり待つとやや大きな湯波を引き上げることができます」と調理長の猪亦達也さん。作りたての湯波をそっと箸でつまんで引き上げ、熱々をポン酢につけてひと口。なんともやさしい味わいで、大豆の滋味が広がる。火が消えたら小鍋にニガリを加えて軽くかき回し、手造り豆腐を作って食べるという趣向も面白い。「ゆば」といえば京都も本場だが、漢字では京都が湯葉で日光は「湯波」と書く。「京都のゆばは作る際に膜の端に串を入れて引き上げるので平たいですが、日光のゆばは膜の中央に串を入れて二つ折りにして引き上げ、幾重にも巻き上げるのでボリュームがあります」と猪亦さん。ほのかな歯ごたえがあるのは日光湯波ならではの特徴という。季語は青蜥蜴（夏）。

風琴の調べ流るる春の海

尾道水道に面した広島県の尾道は、瀬戸内海の海運で栄えた港町。細い石畳の坂道が幾筋も伸び、古刹が点在する風情ある町並みで有名だ。かつて、林芙美子も志賀直哉もしばらくこの町に住み、抒情あふれる作品を残した文学の町であり、小津安二郎『東京物語』、尾道出身の大林宣彦監督が手がけた「尾道三部作」などのロケ地となった映画の町である。

まずは、文人たちの足跡をたどろうとロープウェイで千光寺山に登った。市街地の山麓駅から山頂駅まではわずか三分の空の旅だが、眼下には尾道の町と尾道水道が一望に見渡せる。山頂駅からは「文学のこみち」を歩こう。林芙美子や正岡子規など、尾道ゆかりの文人たちの作品の一節を刻んだ石碑が山間の斜面に点在している。『放浪記』で知られる林芙美子が尾道に住んだのは、大正五（一九一六）年五月。明治三十六（一九〇三）年に下関で生まれた芙美子は、テキ屋であった義父と母に連れられて九州各地を転々としたが、尾道では高等女学校に入学するなど一家の生活は定着したのである。

《「ほんとに綺麗な町じゃ、まだ陽が高いけに、降りて弁当の代でも稼ぎまっせ」で、私達三人は、各々の荷物を肩に背負って、日の丸の旗のヒラヒラした海辺の町へ降りた》

この地での少女時代を題材とした自伝的小説『風琴と魚の町』の一節だ。放浪を続けてきた一家は、尾道で義父は手風琴に合わせて「オイチニ」の歌を歌いながら薬を売り、母は行商、少女の「私」も歌いながら化粧水を売るが、やがて義父は警察に捕えられてしまう……。十三歳から女学校を卒業するまでの六年間を尾道で過ごし、やがて文学への目が開かれていったのである。

「文学のこみち」から麓に向かって下って行くと、斜面の一角に志賀直哉旧居がある。志賀直哉が尾道に住んだのは大正元（一九一二）年十一月から、翌年五月にかけての半年ほど。三軒続きの棟割長屋の一番奥、六畳と三畳、台所だけという部屋で『暗夜行路』の前身となる『時任謙作』に着手し、『清兵衛と瓢箪』もこの部屋で執筆した。季語は春の海（春）。

蓑虫の糸一本の覚悟かな

平成二十六（二〇一四）年のＮＨＫ大河ドラマ『軍師官兵衛』で話題となった黒田官兵衛。戦国乱世を駆け抜けた官兵衛は羽柴秀吉の播磨平定や中国攻め、九州征伐などを支えた稀代の軍師であり、福岡藩五十二万三千石の礎を築いた知将である。

秋の一日、その官兵衛が生まれ育った姫路城や西の比叡と称される古刹・圓教寺を訪ねた。黒田官兵衛は天文十五（一五四六）年、播州平野に勢力を誇っていた戦国大名・小寺政職の家老であった黒田職隆《もとたか》の嫡男として姫路城で生まれた。黒田家は、官兵衛の祖父・重隆の時代から小寺政職に仕え、重隆、職隆はともに重臣として姫路城代に任じられていたのである。永禄十（一五六七）年、家督を継いで二十二歳にして姫路城代となった官兵衛は信長、秀吉、家康に仕えて次第に頭角を現していく。ことに秀吉とは強い信頼関係で結ばれ、秀吉の天下統一事業を支えて軍師としての名を高めたのである。

関ヶ原の戦いでは息子・長政が東軍に参じて武功を挙げ、黒田家には論功行賞として家康から福岡藩六十二万三千石が与えられた。出家して如水と号していた官兵衛は慶長九（一六〇四）年に五十九歳で没するが、六十二万三千石の礎を築いた場所こそが、祖父、父、そして官兵衛の三代にわたって居を構えた姫路なのである。

旅の第一歩は、姫路駅から大手前通りをまっすぐ歩いて約二十分の姫路城から。白漆喰で塗られた城壁の美しさから白鷺城とも称される天下の名城だ。現在の姫路城は秀吉時代の城を土台に、家康の女婿・池田輝政が慶長六（一六〇一）年から八年の歳月をかけて完成させたもの。面積は約二百三十三ヘクタールにも及び、広大な城郭全体が残る木造建築群としては世界でも珍しく、平成五（一九九三）年には世界文化遺産に登録された。

五重六階地下一階の壮大な大天守と、三つの小天守が渡り櫓で結ばれた連立式天守閣、堅固な石垣や鉄鋲が打たれた門、そして家康の孫娘・千姫が暮らした西の丸など今も随所に江戸時代の面影を色濃く残し、訪れる人を魅了してやまない。城のシンボルともいうべき国宝の大天守は、平成の保存修理工事が終わり、再びその美しい全貌を見せている。

姫路城とともに見逃せない観光スポットが、書寫山圓教寺。平安時代の康保三（九六六）年、性空上人によって開かれた天台宗の修行道場であり、西国霊場二十七番札所として有名だ。書寫山（標高三百七十一メートル）の山上一帯に大規模な伽藍が立ち並び、「西の比叡山」と呼ばれるにふさわしい雰囲気を漂わせている。その幽邃なたたずまいにより、映画『ラストサムライ』のロケ地となったことでも知られている。

書寫山の麓へは姫路城から車で約十五分。麓駅からロープウェイが設けられ、四分ほどの空中散歩で山上駅に到着する。ここから、三之堂と呼ばれる圓教寺の中核をなす伽藍までは山道を歩いておよそ三十分。うっそうと樹木が生い茂る境内は約十八ヘクタールもあり、とにかく広いので足に自信にない方は境内を巡るミニバスを利用しよう。

ミニバスに五分ほど揺られると、最初の見どころである摩尼殿が姿を現す。京都の清水寺と同じ懸《かけ》造りという様式の建物で、如意輪観音を祀っている。背後の崖を削り、前面に高い脚を組んで舞台付きに仕上げ、山の斜面に大きく張り出すように立つ姿は圧巻だ。摩尼殿から三之堂へは、木の根道をさらに五分ほど歩く。途中で蓑虫を見つけたときに詠んだのが、掲句である。

修行の場である常行堂、修行僧の寝食のための食堂、本堂にあたる大講堂の三つの大きな建物がコの字型に並ぶ三之堂は、書寫山圓教寺のハイライトといってもいいだろう。古色蒼然とした風格ある木造建築が、山間に整然と姿を見せる光景は実に印象的だ。

食堂は渡辺謙演じる勝元盛次の屋敷として登場し、写経するシーンなどが撮影された。今でもここは写経道場となっており、堂内は凛とした厳かな気配に満ちている。常行堂では、勝元と主人公オールグレン大尉（トム・クルーズ）との会話シーンが撮影された。森閑とした山の古刹で、映画のワンシーンを思い浮かべながら歩くのも書寫山ならではの楽しみだ。

播磨灘に面した姫路は瀬戸内の新鮮な魚介類が味わえるが、中でも古くから名物となっているのがあなご料理である。この日は姫路城に隣接する広大な池泉回遊式の日本庭園、好古園にあるレストラン「活水軒」であなご重を賞味した。上品な甘さのたれと、下に敷いた錦糸卵が絶妙なハーモニーで食欲を誘う。好古園は、元姫路藩主の下屋敷があった場所に造られたもので、西御屋敷跡、武家屋敷跡、通路跡などの地割を生かして九つの庭園が点在している。最も大きい御屋敷の庭に面しているのが「活水軒」で、茶の庭にある茶室「双樹庵」ではお抹茶がいただける。季語は蓑虫（秋）。

■コサブロウが選ぶ芭蕉と蕪村の名句

物いへば唇寒し秋の風　松尾芭蕉

端居して妻子を避くる暑さかな　与謝蕪村

自身を詠む

凍てつく温泉街をぶらつき
ストリップ小屋を見つけた。
入ると客は誰もいない。

気兼ねなき一服空へ冬木立

世間の風潮に逆らっているわけではないが、私はヘビースモーカーである。一日一箱半のメビウスのワンボックスのショートを吸っている。二十代の頃はハイライトで、それ以降いろいろな銘柄を楽しんできたが、数年前からメビウスのワンボックスのショートに落ち着いた。自宅でも事務所でも存分に吸っている。

一時は、自宅内に灰皿を仕事机、居間のテーブル、トイレの三カ所に置いていた。さすがに現在は仕事机のみで、タカラトミーの「ろくろ倶楽部」という簡単焼き物セットで手造りした素焼きの小さなものである。高性能の空気清浄器を、自宅と事務所にそれぞれ二台ずつ設置している。「それだけヘビースモーカーだと、飛行機に乗る時に苦労しませんか？」と言われる。確かに機内で吸えないのは辛いが、不思議なもので、今ではあきらめたせいもあり慣れてしまった。欧米への十時間以上のフライトでも、なんとか大丈夫だ。その分、国内外で空港に到着すると、早々に喫煙所を探すことにしているが。

考えてみると、その昔は機内でも喫煙はＯＫだった。調べてみると、ＡＮＡとＪＡＬが機内全面禁煙に踏み切ったのは平成十一（一九九九）年。それ以前は、禁煙サインが消えるとおもむろにプカプカやっていたものだ。しかも、喫煙席と禁煙席の間には何もないのだから、いいかげんといえばいいかげんだった。

アメリカをはじめ、海外もまた喫煙に厳しくなっている。平成三十（二〇一八）年にオーストラリアへ出かけたが、この国は世界有数の嫌煙国。入国の際に持ち込める紙巻きたばこは、たったの二十五本。これには驚いた。現地で買うと、なんと一箱が日本円で二千円近くもする。

「カラダのためにも煙草は吸うな」という意見もあるだろう。正論だ。しかし、こればかりは嗜好の世界。某日、誰もいない広場で一服したら、晴れ渡った冬の空に紫煙がゆっくりとのびやかに広がっていった。季語は冬木立（冬）。

遠雷やぴくりと右へ猫の耳

少年の頃、ポルシェという名の黒い柴犬を飼っていた。近年は室内飼いする人が多いようだが、外飼いである。これが実に頭のいい犬だった。小学校からの帰り道、坂の下で必ず私を待っているのだ。近づくと盛んに尻尾を振って迎えてくれた。当時は今と違い、どの家でも放し飼いにしていたから庭から自由に出かけることができたのである。

ポルシェが老齢で亡くなってからは、犬を飼うことはなかった。それから幾年、結婚してある日、帰宅すると玄関に仔猫が座っているではないか。白黒の雄である。当時は家の中に生き物がいることに抵抗があったが、家族は皆、飼いたがっていたのでやむなく受け入れ、政宗と名付けた。ちょうど、仙台取材の帰りだったからである。

数年後、今度はキジトラの雌が玄関にいた。ドイツ、ハンガリー取材の帰りだったので、ドナウ川からドナと名付けた。

以来、猫との生活がずっと続いている。今では猫のいない暮らしは考えられないほどに、猫がいとおしい。

現在、我が家にいるのはタンゴとサスケ。ともに雄。タンゴは真っ黒けの黒猫だが、皆川おさむが歌った「黒猫のタンゴ」からではなく、我が家に来たのが端午の節句の五月だったからである。茶トラのサスケは、いわゆる保護猫だ。とにかくすばしっこいので、猿飛佐助からサスケとした。初めて我が家に来た時には、ひと騒動あった。一週間ほどゲージに入れ、もう大丈夫だろうと出した瞬間に、彼はすかさずアップライトピアノの裏に隠れてしまったのである。ピアノと壁との隙間は、わずかに数センチ。まだ小さい体なので、もぐり込めたのだ。

さあ、大変。わずか数センチだから人間は入り込めないし、腕も届かない。何度呼んでも、出てくる気配はなし。やがて一時間ほど経った頃、調律をしてもらっていたピアノ店にカミさんが電話すると、「当社のスタッフがたまたまお宅の近くにいるので、すぐにお伺いします」と言うではないか。

ほどなく二名のスタッフがやってきてジャッキでピアノを持ち上げ、隙間を広げてサスケを捕まえることができた。さすがはプロと感心したものだ。

タンゴとサスケの前が、キジトラの雌のフユと茶トラの雄のキチ。当時は池波正太郎の小説をよく読んでいたので、『剣客商売』の佐々木三冬からフユとした。キチは、なんとなく気品があることから吉之進とし、いずれは吉右衛門にしようと考えた。

フユとキチは姉弟なので喧嘩することもなく、ソファに寄り添ってくつろいだりしていた。猫は水が苦手とされているが、フユとキチは違った。私が風呂に入ると決まってついてきて、風呂板の上に座る。手のひらに湯を汲んで差し出すと、ぺろぺろと湯を飲む。やがて満足すると、ごろんと風呂板に寝転んでしばし休息し、「じゃあね」という感じで出て行ったものだ。

冬になると、フユとキチはカミさんの寝床に入るが、私のところには決してやってこない。やむなく、強引にフユを私の寝床に連れ込むと、三分ほどはじっとしていてくれる。三分経つと、「はいここまで」といった感じで、後ろ下がりしながら出て行ってしまう。

フユが亡くなり、キチ一人の時にタンゴが我が家にやってきた。タンゴは、キチの行動をよく見ていたのか、彼もまた私と風呂に入る。そして、手のひらの湯をうまそうに飲む。残念ながら、サスケは水が怖いのか風呂には入ってこない。

タンゴはまた、催促猫でもある。私が洗面所に行くと、すでに彼は洗面台の上に乗っている。私が行くのをわかっているかのように、先回りしているのだ。彼の狙いはわかっている。洗面台の上に置かれた、彼専用の水差しに新たな水を入れてくれということだ。

そこで私は、仕方なく自分が顔を洗う前に彼の水差しに蛇口をひねって新しい水を汲む。そして、洗面台の上に置いて彼の頭をツンツンと二、三度たたく。この二、三度たたくのが、私と彼の約束というか、決まり事であり、これをしないと彼は水を飲まない。なんとなく、猫との会話のようである。季語は遠雷（夏）。

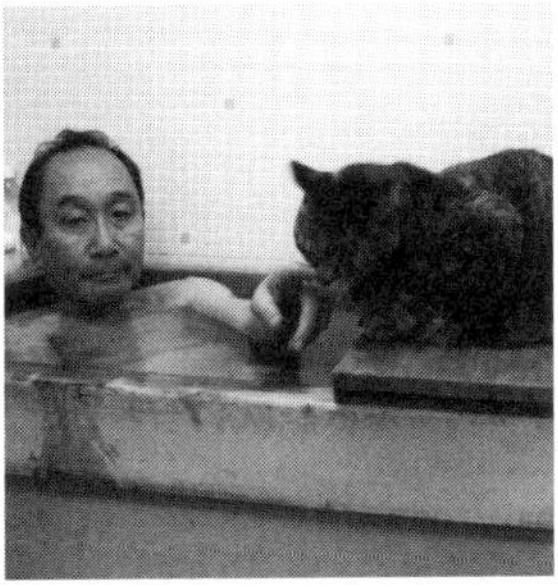

南蛮の一把残りし無人店

夏になると、葉唐辛子の佃煮を作る。地元農家の人たちが集まる鎌倉駅前の鎌倉市農協連即売所という市場に、ほんの一時期ながら葉唐辛子が出るので必ず買い求めて作っている。作り方はさほど難しくはないが、火加減と味付けで失敗することもある。昨年はみごとに失敗した。水洗いした葉唐辛子をフライパンで乾煎りしたのだが、火を通しすぎたのか風味が消し飛んでしまった。今年はフライパンではなく、厚手の鍋でさっと乾煎りし、醤油と酒で十五分ほど煮付けた。ネット上では、「煮汁がなくなったら火を止める」と書いてあるが、煮汁がなくなるまで煮詰めないほうがいいようだ。「まだ早いかな……」というあたりで火を止め、後は、余熱に任せてしまう。

ちなみに、市場で葉唐辛子を買う際に売り手のおばさんに聞くと、煮付ける前の作業は「乾煎り派」と「湯がく派」に分かれるようだ。まあ、そのあたりは長年のカンと経験ということなのだろう。ぴりりと辛い葉唐辛子は、食欲の落ちる夏の食卓に欠かせない一品であり、酒の肴としてもうってつけだ。やがて夏が過ぎ、薄紅葉に彩られるようになると、唐辛子も紅熟して辛味が強くなる。葉唐辛子に付いている唐辛子はまだ緑色だが、この季節になると赤味を増し、ひときわ鮮やかになる。

ちなみに、鎌倉市農協連即売所は鎌倉市内と横浜市長尾台町の農家が、自分たちで生産した農作物を自ら販売している市場。その始まりは、なんと昭和三（一九二八）年というから驚く。外国人牧師から「ヨーロッパでは農家が自分で生産した野菜などを、決めた日に決めた場所で直接消費者に売っている」という話を聞いた鎌倉の農家が、それを真似したことから始まったという。当時の日本としては最先端の試みで、さすがは、鎌倉というべきか。販売している農作物は一般的な野菜のほか、レッドマスタード、オータムポエム、黄金カブゴールドなどスーパーでは見かけないものが並ぶ。季語は南蛮（秋）。唐辛子のこと。

思うこといささかありて日記買ふ

還暦を迎えた平成二十二（二〇一〇）年の正月から、日記をつけている。内容は「その日、何を食べたか」がメインで、食の記録といってもいいだろう。昼食は外食が基本だから、どこで何を食べたかを値段とともに綴っている。以下、いくつか紹介しよう。

《「永新」でグラスビールとタンメン1300円》《逗子・小坪の「ゆうき食堂」で刺身に天盛り1300円》《麻布十番の「むら中」でとんかつ定食1000円》《麻布十番の「永坂更科布屋太兵衛」で太兵衛ざる1012円》《「永新」でグラスビールと広東麺1750円。前歯が欠けたため、ほとんど食べられず》《大船の「みわ久」で上ちらしとグラスビール２１００円》《カミさんと佐島の「かねき」で刺身・フライ、刺身・イカ煮付け定食とノンアルコールビール。４０００円》《新橋「肉の万世」でハンバーグ&生姜焼きランチとグラスビール１８２０円》《新橋駅地下「さかな亭」でとくとくセット１２００円。鯖塩焼きと刺身》《麻布十番の「三幸園」で焼肉丼１２００円。濃いめの味付けでなかなか旨い》《「永新」でグラスビールとワンタン麺１７５０円。麺の量が多くて残す》

よく登場する「永新」は麻布十番にある老舗の中華料理店で、週に三回は行くほどに旨い。味にブレがない。お気に入りはタンメンと広東麺、焼きそば、ニラレバ定食。

記しているのは日記帳ではなく、パソコンだ。ある日、ふと画面左下を見ると書いた文字数が出ていたのにはびっくり。なんと、令和三（二〇二一）年一月三十一日で四十九万六千六百四十八字。四百字詰め原稿用紙に換算すると、千二百四十一枚になる。いつまで続くかわからないが、継続は力なりとは、よく言ったものだ。

日記帳といえば先日、事務所で資料を整理していたらキャビネットの奥から古い日記帳が出てきた。私が二十歳から二十一歳までの記録だ。大学受験に失敗し、浪人して渋谷区役所でバイトしていた頃のことが書かれている。胸の内を吐露した、なんとも青臭い文章だが、まあこれが青春なのかもしれない。季語は日記買ふ（冬）。

土の香のふと懐かしく茗荷汁

夏の日の昼時、すり寄ってくる猫を適当にあしらっていたら、階下のSさんからうれしいおすそ分けがあった。ビニール袋一杯の茗荷である。実は住んでいる集合住宅の緑地の一角に茗荷が出る場所があり、今年最初の収穫を分けてくれたのだ。早速、たっぷりの茗荷と青紫蘇で五島うどんを食べた。さすがは採りたてだけに、風味が違う。しゃきしゃき感も際立っている。夜は四つ割にし、味噌をつけて食べた。自生に近い形で育っているにもかかわらず、いや、それだからこそ、しっかりと土の香りがする。

といって、茗荷ばかりを食べているわけにはいかない。「茗荷を食べ過ぎると物忘れする、馬鹿になる」という、例の教えだ。幼い頃から両親にそう言われてきた。実家の庭の隅にも茗荷が生えるところがあり、毎年、季節になると茗荷を採ってくるのは五人兄弟の末っ子の私の役目だった。子供ながらに茗荷は嫌いではなかったから、それはそれでいいのだが、茗荷の生えている場所が問題だった。杏の木の下なのである。そう、茗荷の収穫時期というのは、ちょうど杏の木に毛虫が発生する時期なのだ。茗荷は食べたし、毛虫は勘弁……。運が悪いと、頭上から毛虫がぽとり……なんていうこともあった。しかも、大きな藪蚊が羽音をたてている。茗荷の藪の前にしゃがみこんで目をこらし、地上から身を出している茗荷を確認する。できれば、一度に何個かを採ってしまいたい。毛虫の落下と藪蚊の来襲を気にしながら、恐る恐る、同時に手早くしないとダメだ。今から考えるとなんとも子供じみた話だが、小学生の当時としては結構、必死だった記憶がある。

往時茫々。「茗荷を食べ過ぎると……」と戒めていた父母も、すでに亡い。杏の木や茗荷のあった実家も手放してしまった。さて、採りたての茗荷である。Sさんのおすそ分けに頼らず、明日は久しぶりに茗荷の藪にしゃがみこんでみようと思う。大き目のを選び、ざくざくと刻んで冷奴の上にたっぷりとのせてやろう。飲んだ後の締めはもちろん、茗荷の味噌汁だ。季語は茗荷汁（夏）。

無花果や母に呼ばれし勝手口

小学生の頃、生家の勝手口付近に無花果の木があった。秋になると、姉や母たちは時折もいで食べていたが、私は好きではなかった。茎や葉を切ると、ぬるりと白い乳液を出すのが何やら気持ちが悪く、また、実そのものもおいしいとは思わなかった。甘いことは甘いのだが、果汁が多くて妙にやわらかいため、子供には食べづらかったのかもしれない。それと、例の白い乳液だ。これは、いぼに効能があるそうだが、何を勘違いしたか、幼い私は乳液が手や指につくといぼになる、と思っていたのである。

路地で遊んでいると、台所仕事をする母から勝手口によく呼ばれたものだ。明治生まれの父と結婚した母は大正生まれ。頑固で酒飲みの父に従い、昭和初期の激動の時代によくぞ五人の子供を育て上げたと思う。当時の我が家では、よく「大波小波」という言葉が行き交った。つまり父の仕事がうまくいっているときは大波で、ダメなときは小波。大波のときは自家用車を所有し、自宅に運転手が父を迎えにきていた姿を覚えている。毎年の夏休みには湘南の葉山に一カ月ほど民家を借り、家族全員で過ごしたこともある。しかし小波になると借金取りが現れ、玄関で「払え」「もう少し待て」と押し問答していたものだ。

昭和四十年代の大波の時代に、父は虎ノ門の小さな二階建ての建物でラーメン店と雀荘を始めた。そして馴染みの女性に任せようとしたのだが、それを知った母は「私がやります」と半ば強引に店をやりくりし始めた。ところが、やはり素人の悲しさ。一階のラーメン店を任せていた料理人が不当な値段で材料を仕入れたり、業者から袖の下を受け取っていたことが発覚。結局ラーメン店は閉め、二階の雀荘だけを母が仕切るようになった。

それまでは五人の子供を育てる専業主婦だった母は、生まれて初めて自分の才覚で商売をし、収入を得ることができるようになったのだ。雀荘が終わる夜の十一時頃には仕事を終えた私が雀荘に行き、一緒に帰宅することもよくあった。自分の力で稼ぐことを知った母は、ずいぶんと強くなったと思う。季語は無花果（秋）。

秋の夜の残らずくくる古雑誌

自慢じゃないが、整理整頓が下手である。正直に白状すれば面倒くさいのである。

ところが先日、積んでおいた雑誌の山が無残にも崩れかけている光景を見て、「今夜こそは決戦だ」とばかりに片付け始めた。どうして、そのような心境になったのかはわからない。「とにかくやろう」と決心したのである。部屋の隅に積んでおいた雑誌や小冊子、段ボール箱に押し込んでいた新聞の切り抜き、そのほかいろいろな資料類……。「これだけはとっておこう」というモノ以外は、手当たり次第に紐でくくっていった。

そんな中で押入れの奥から出てきたのが、『月刊民宿』であった。創刊は昭和四十七

（一九七二）年十二月。時計の針が、一挙に五十年前に戻ってしまった。実は私は二十代の一時期、その『月刊民宿』の編集に携わっていたことがある。民宿が静かなブームになり始めていた時代の、専門の情報誌であった。毎月全国の民宿を訪ねてはルポ記事を書いていた。

編集室は国電信濃町駅近くのマンションの、小さな一室。発行元の会社名は、民宿情報センター。そこに、編集長のY氏と私、営業担当者が二名、会計担当の女性が一名。メールなどない当時だから、取材先への連絡は電話と手紙。そしていざ現地へ行って名刺交換すると、「?」という顔をされる。つまり、小左郎という私の名前からもっと年配の者が来ると思っていたのだ。小左郎という名前は明治生まれの父親がつけたものだが、「こさぶろう」と読む人はまずいない。「こさろう」が大半だ。実は父は当初、「小左佐衛門」とした。ところが役所の担当者に「いくらなんでも、この時代にあわない」と諭されて、小左郎になった。普通、「こさぶろう」なら「小三郎」だろうが、スタートが「小左佐衛門」だったので、小左郎になったという次第である。ちなみに明治生まれの父の名前は、晴彦。

今は昔の活版の頁をめくるたびに、そうした当時のことがふつふつとよみがえり、紐でくくる手が止まってしまった。季語は秋の夜（秋）。

解説

「旅」を書くこと

芦原　伸（作家・日本旅行作家協会専務理事）

旅は楽しい。

されど、紀行文を書くことはそう容易くはないのである。

どこへ行って、何を見て、何を食べた。よかった、おいしかった――と単純に旅程を追い、その印象を綴ってゆくだけならば、さほど難しくはない。ただし、それだけでは俗にいう「遠足記録」になってしまう。「紀行文」「紀行エッセイ」となると、思ったより難しい。とくに人に読んでもらえるレベルに達するには修練が必要である。

一度試しにお書きになってごらんなさい。二泊三日の旅とすれば、ほとんどの人が一日目の記述で疲れて、やめてしまうだろう。楽しかった思い出を書くのに、苦しむなんて、冗談じゃないと、自分に腹を立てるのがオチなのだ。

紀行文には旅の事象、つまり国（どんなところ）とか、名所（何を見たの）とか、食べ物（どういう風においしかったの）とか、体験（何を発見したの）とかの旅程の解説はもちろん必要だが、「起承転結」といった文章の流れ、しかも一番大切なのは作者の心、何をそこで感じ取ったか、の見識である。つまり、読者を旅の舞台へ引っ張り出し、読者に追体験させ、その感動を等身大（高所からではなく）で伝えなければ、読者は活字を追いかけてはくれない。

そのあたりが紀行を書く難しさだろう。多くの人の自費出版の紀行文が自慢話ばかりでうんざりするところである。紀行文はガイドブックとも違うのである。ガイドブックはすでに読者が旅の目的をもち、旅の情報を得たいがために買い求める。だからガイドブックは現地の観光名所やレストラン、交通手段などの正しい情報を伝えるだけで用は足りる。

ところで本書の中で優れたエッセイはいくつかあるが、なかでも「温泉街」は出色だ。昭和五十年代、若い頃の筆者は冬の温泉街に取材に行く。高度成長時代も終わりかけで温泉街は薄暗い。夕食が終わり、時間つぶしに街へ出た。そこにはストリップ劇場があった。しかし、入場して席に座っていてもショーはなかなか始まらない。客が集まらないと始まらないのだ。

――やがて曲が変わって始まったショーのことは、あえて書かない。観客が三人だけでは、中年ダンサーの気が入らないのも無理もない話だ。

冬の宮城県鳴子温泉では、こんなこともあった。外湯の風呂上がり、背後から「お客さ〜ん」と大きな声で呼びかけられた。聞き覚えのある声は仲居さんだ。さっきまで食事の相手をしてくれていて、「飲みなおそう」と半ば冗談で誘っていた。ところが彼女はしっかり覚えていたのだ。

――外は数メートルもの雪。厳寒の温泉街を歩きながら適当な店をさがし始めたが、何しろ、こちらは素足に下駄だから冷えてしょうがない。すると彼女が、「私の靴下履きなさいよ。私はもう一枚履いてるから大丈夫」と言って厚手の靴下を脱いで渡してくれた。見ると、穴が数カ所あいているのだが、その靴下のなんと暖かかったことか。

なんだかほのぼのと雪の温泉街の風情、人情が伝わってくるのでないか。侘し気な街灯、三人だけの劇場、穴のあいた靴下……、まぎれもない昭和の風景である。気がのらない踊り子の表情、気のいい仲居の笑い声、そんな書かれていない行間が浮かんでくる。

紀行文は活字だけの勝負である。くどいようだが、紀行文が遠足記録やガイド情報と異なるのはそこなのである。

著者の木村小左郎は週刊誌や雑誌を主に、旅の仕事を続けてきた。本書はその結晶ともいうべき作品である。

よくもまぁ、世界中、国内中を旅して歩き、その都度紀行文を書いてきたな、と驚愕するばかりだ。日本の旅行王は西行にはじまり芭蕉、宮本常一、柳田國男、近くは永六輔あたりとなるのだろうが、木村小左郎は旅行回数、旅行距離からすれば、彼らに匹敵するのではないか、と思われる。

旅行王らが生涯旅を続けられたのは、旅が行楽ではなく仕事だったからだ。作歌、作句、民俗収集も仕事のうちだ。

木村小左郎もプロの旅行作家である。二十五歳にフリーランスとなり、爾来四十年旅を書いてきた。国内は一都一道二府四十三県の隅々まで、海外訪問は四十三カ国。ただ単に経験だけならば昨今の中高年の旅行好きにはかなわないかもしれない。だが木村小左郎は帰ってから原稿を書かねばならない。なかには書きたくない、興趣がのらない地方もあったと思う。それでも作品を仕上げなければならないのがプロの技だ。「好きは上手のもと」とは言うが、好きの上に健脚、健啖でなければこれほどの旅はこなせない。

さて、俳句である。俳句と旅は親密だ。芭蕉は作句のために奥の細道に出かけた。旅では季節や風景が鮮明に浮かびあがる。同好者の吟行も昔から盛んである。

俳句に関して私は初心者で、正直言って秀句も拙句もよく分からない。五・七・五という十七音に季節や情感をすべて結晶せねばならない。なんだか紀行文を書くより難しそうだ。

とくに海外は熱帯だったり、寒帯だったり、雨季や乾季があるだけで、日本のように四季がある国は少ない。しかし、筆者は、

——サバンナの風に吹かれてビールかな
——沁みわたる柘榴ジュースやエルサレム

などビール（夏）、柘榴（秋）と季語をさりげなく踏まえている。

著者と私はある小さな句会に属しているが、著者の句が常に上席を占めるのは、やはり力があるのだろう。俳句は十七音を並べれば、素人にもすぐできそうだが、これもなかなか奥が深いのである。

本書を読むと、うずうずと〝旅の虫〟が蠢き始める。さて、どこへ行こうか、と悩むとき、本書は格好の「水先案内」となってくれることだろう。

本書は、JTB 旅カード ゴールド会員誌「トラベル＆ライフ」や、
日本経済新聞土曜日朝刊 NIKKEI プラス 1 などに掲載した記事に加筆し、
さらに書き下ろし原稿を加えて構成したものです。

五七五の随想録
旅行記者40年 コサブロウが詠む俳句漫遊紀行

2021 年 4 月 25 日　初版第 1 刷発行

著　者　木村小左郎

発行者　平川智恵子

企　画　特定非営利活動法人夢ラボ・図書館ネットワーク

発行所　株式会社ユニコ舎
〒 156-0055 東京都世田谷区船橋 2-19-10 ボー・プラージュ 2-101
TEL 03-6670-7340　FAX 03-4296-6819
E-MAIL　info@unico.press

印刷所　大盛印刷株式会社

装　丁　渡辺茂
写　真　高島史於

定価はカバーに表示してあります。

ISBN978-4-9911368-2-5 C0095